30日de源氏物語

三宅香帆
Miyake Kaho

AKISHOBO

はじめに

30日で、『源氏物語』を読もう！
というのが本書の趣旨です。

「源氏物語を、理解はしたいけど、どこから手をつけていいかわからない」
「とりあえず主要なエピソードを知りたいけど、普通の解説本は難しすぎて手が出せない」
「なんとなくキャラを勉強したい」
「ぶっちゃけ大学受験の基礎知識に必要なので、『源氏物語』を理解したいです」

そんなあなたに向けて、1日1章、1か月で『源氏物語』をおおかた理解できるようにしましょう、というのが本書のコンセプトになります。

申し遅れましたが、私は大学で国文学を学び、今はもの書く仕事をしています。いわば一介の「古典文学オタク」だと思っていただければ幸いです。今ふうの言い方をすると、「推しが古典」という感じです。昔から古典が好きで、『源氏物語』や『伊勢物語』や和歌がなんとなく好きで、ちゃんと読んでみたくて大学の専攻を古典文学に決めました。

そんな経歴だと、たまに聞かれる質問があります。

「『源氏物語』を読んでみたいのですが、どの現代語訳がおすすめですか？」

……悩ましい！　悩ましいのです。この質問。

もちろん、たくさん『源氏物語』の良い現代語訳は出ています。私は瀬戸内寂聴先生や田辺聖子先生の訳、最近だと角田光代先生の訳が好きです。しかし、です。基礎知識がまったくない状態で、『源氏物語』現代語訳にあたって、本当に『源氏物語』の魅力が伝わるのだろうか!?　と私はいつも少し不安になります。

どちらかというと、『源氏物語』現代語訳にあたる「前に」、『源氏物語』の基礎知識を補完してくれる入門書を読むことが必要では……？

ずっと、そう思っていたのです。

なぜなら『源氏物語』はとにかく登場人物が多いし、話も長いし複雑です。古典特有の行動様式も存在します。ある程度基礎知識を理解してからのほうが、絶対に面白く読めるはずなのです。

しかしなかなか古典初心者におすすめしたい、「これ一冊読んでおけば『源氏物語』の面白さはだいたいわかる」という読みやすい入門書が、私のなかでは見つかりませんでした。

……ならば、ないならつくればいいじゃないか、『源氏物語』入門書。
というわけで本書は、私なりにつくり上げた、

「基礎知識ゼロの人が、『源氏物語』に入門したいときに、まず読んでほしい本」

なのです！

本書をつくってしまえば、もう、これからは『源氏物語』初学者の方には本書を渡せばいい！　そんな本にしたつもりです。ぜひ、一緒に楽しんでもらえたらと思います。

本書は、30日とおして、『源氏物語』のエピソードを全体的に見ていきます。
『源氏物語』の主要なキャラクターや、エピソードを紹介することはもちろん、私は「この話のどこが面白いのか」を紹介することにこだわりました。

古典の授業で『源氏物語』を読んでも、いまいち面白さがわからないのは、やっぱり文法の説明に終始してしまって「どこを面白がればいいのか」についての解説がないから。
しかしそれは仕方ありません。面白がり方まで教えていては、いくら古典の授業時間があっても足りませんから。

しかし本書では、私が『源氏物語』を読んでいて、「紫式部は天才だ！」と思う理由や、「源氏物語は、神！」と思う理由について、愛を叫びながら解説しました。『源氏物語』はやっぱり面白いし、すごい物語です。千年以上前に誕生したなんて、信じられない。その理由を解説していきます。

30日間、お付き合いいただけますと幸いです。……もちろん一気に読み切っていただいてもいいんですよ！

千年以上前、ひとりの女性によって綴られた『源氏物語』は、いったい何が面白いのか？なぜ『源氏物語』は、千年以上かけて、読み継がれてきたのか？

ひとつの豊かな物語を、一緒に追いかけてみましょう。

目次

はじめに 2

1日目

☆人物がわかれば物語がわかる 21

まずはここからおさえよう、『源氏物語』のキャラクター
古典は、ネタバレしたほうがいい
『源氏物語』は3章に分けられる
第1章の重要人物　敵と味方編
第1章の重要人物　恋の相手編

2日目

☆恋愛は三角関係でよむ 35

第2章の重要人物　子ども世代編
第2章の重要人物　女性ヒロイン編

第3章の重要人物　源氏の子や孫世代編
『源氏物語』の展開をざっくり知る
平安時代の常識とは？

3日目

☆人は身分が9割？ 47
甘いだけじゃない！『源氏物語』
『あさきゆめみし』の少女マンガ改変
桐壺更衣のアイドル的野心

4日目

☆平安の恋は恋にあらず 57
母親に似ているから
結婚してても関係ない
なぜ紫式部は完璧な女性を「母」にしたのか？

5日目

☆実際あったゴシップネタも物語に …… 65

占いで「光源氏」は皇族でなくなった
桐壺帝が光源氏を親王にしなかった、本当の理由
実在した「宇多天皇」の物語を忍ばせる紫式部
現実とフィクション

6日目

☆平安時代と令和の恋愛はちょっと似ている …… 77

なぜ顔も知らない人に恋できるのか?
その花の名前を知りたいように
男のプライドと「雨夜の品定め」
平安時代の恋は、マッチングアプリ?
光源氏のマッチングアプリ体験記

7日目

☆ 和歌を見ればキャラがわかる …… 89

紫式部は、和歌がうまい？
控えめなのにナンパした――国文学者を惑わせた難問
『古今和歌集』で通じ合う教養センス
キャラクターを描き分けるための道具＝「和歌」
紫式部の筆もノリノリ、物の怪登場
和歌は、夕顔の誤解を解いた

8日目

☆ 紫式部の筆力が冴える描写 …… 103

弘徽殿女御の大激怒
強気なお嬢・朧月夜との出会い
「月」によって再会するふたり
光源氏政治人生最大の危機
始めたのは、朧月夜だった

9日目
☆貴族社会のうわさ拡大速度はSNS並み 121
なぜ葵の上は光源氏と結婚したのか？
一度も和歌を交わさないヒロイン
「女の恨みは、買っちゃいけない」
六条御息所の生霊な日々

10日目
☆怨霊は男の罪悪感 135
洗っても取れない芥子の香り
紫式部は、生霊を信じていなかった？
美しすぎる、六条御息所の「野宮」の別れ

11日目
☆「結婚＝幸せ」幻想をほどく 151
紫の上はいつ出てくる？
光源氏は、ロリコン？

田舎娘の変身物語
プリティ・プリンセスの苦悩
教養がなければ気づけない、巧みな伏線

12日目

☆人物のキャラはぶれない 165

全54帖を7つのパートに分けると？
約10帖ずつ進んでいく『源氏物語』
光源氏を振った女性
ぶれない女性たち

13日目

☆一途な人は幸せに 175

紫式部も思わず言い過ぎた
見た目では不幸にならない？
末摘花は傷つかない
平安時代のシンデレラこと末摘花

14日目
☆自己肯定感も関係性のカギ 185
シリアスな展開に疲れたところで、花散里
橘の香りとなつかしい女
謎の女・中川の女
花散里の自尊心の低さと、光源氏の自尊心の高さ

15日目
☆女性の運命に容赦なし…… 197
朧月夜のドラマチックな展開
明石の入道の欲望道
須磨の嵐と明石の君との出会い
なぜかたった3人しかいない「光源氏の子」
のんきな源氏、紫の上の苦悩

16日目
☆人物の呼び方から、千年前の読者が見える 209
子どもたちに主役交代

ねちっこい優等生
コンプレックス強めの優等生
さわやかな青春ラブストーリー

17日目
☆デリカシーの感覚はだいたい今と同じ 221
平安時代のミスコン「五節の舞」
距離感がわからない男・ミスター夕霧
執着は止められない

18日目
☆イケメンがモテないとき 231
どこまでも好感度の低い男・夕霧
娘の結婚相手にショック死
「今すぐ死ね！」by 雲居雁
結婚が嫌すぎてひきこもる落葉の宮

19日目 ☆光源氏は爺さん／婆さんキラー 245
「頭中将」の名前の分かりづらさ
貴族界のスター、光源氏と頭中将の差
正妻をめぐるバチバチの代理戦争＝絵合
情に訴える光源氏、強さを誇る頭中将

20日目 ☆文化系男子と運動部男子の勝敗 255
『源氏物語』きってのモテる女・玉鬘
玉鬘にはなぜ山吹色なのか
身分の低い女性を幸せにしたい
どこまでもかわいそうな文化系男子・螢兵部卿宮
色黒強引男子・鬚黒大将

21日目 ☆源氏の親切に下心 269
煙たがられる源氏おじ

尚侍を勧める、その心は？
親友にはバレた魂胆
セクハラに悩む玉鬘

22日目

☆物語の急展開に要注意！ 277
喪服を着た玉鬘に和歌を贈る夕霧
第1章はハッピーエンドを迎えるが……

23日目

☆インスタ映えする、恋の始まり 287
破壊的ニューヒロイン
ぼーっとした新妻、ショックを受ける昔からの妻
男を狂わせる女三宮

24日目
☆手に入らない理想のエンドレス・ループ　299
猫に狂気を見せる柏木
女三宮の面影を求めて、落葉の宮へ
柏木は、女三宮を強引に！
自分もやったことだから……
出生の秘密をめぐる物語

25日目
☆恋愛は何のためにあったのか　311
出家する自由すらないなかで
紫の上の終わりが源氏の終わり
手紙を燃やす
最愛の女性がいなくなった喪失を書き続ける
「罪悪感」の物語としての『源氏物語』

26日目

☆女性は悪い男が好きなのか問題

香りたつ二人――薫と匂宮の登場
〈匂宮三帖〉〈宇治十帖〉の作者は紫式部ではなかった？
宇治八の宮に教えを乞おうと思ったのに！
「まめ人」な男・薫
323

27日目

☆友達でいたい女子と恋人になりたい男子問題

寝そうで寝ない「宇治十帖」
仏道を求めたすえに、恋
誠実だから添い寝だけ
姉の暴走――思い込み女子の迷走
337

28日目
☆ みんな大好き！ ふつうの女の子ハーレム ---- 345
悲劇の紅葉狩り事件、そして絶望死
人形と呼ばれたニューヒロイン浮舟の登場
三角関係少女マンガ展開
匂宮にキュン
浮舟という読者共感型ヒロイン

29日目
☆ 愛の陰にコンプレックスあり ---- 357
浮かれて悩んで身投げ
薫のファザー・コンプレックス
出家で、デトックス
日本でいちばん二次創作・メディアミックスの多い原作『源氏物語』

30日目
☆正しさから離れて読む ---- 367
『源氏物語』はなぜ恋愛小説だといわれるのか？
宮中で見たり――源氏物語は嘘か実か
物語は「罪」なもの
紫式部は地獄に落ちた⁉
最強オタク・本居宣長のアツすぎる源氏物語論
人間は、正しくなさに、感動する生き物である

おわりに ---- 381

［凡例］

『源氏物語』原文については、『新潮日本古典集成　源氏物語』新潮社、２０１４年を参照し、一部に改行を加えた。

1日目

☆人物がわかれば物語がわかる

読む帖：全体のまとめ

まずはここからおさえよう、『源氏物語』のキャラクター

『源氏物語』を読んでみたい！

でも、まったく知識がない！

そんなあなたにまずおすすめしたいのは、現代語訳を買うことでも、源氏物語を題材にした傑作マンガ『あさきゆめみし』（大和和紀、講談社）全巻を買うことでもありません。

……いや、もちろん買ってもらっても大丈夫なのですが、買う前にやってほしいことがあるのです。


それは何か。**『源氏物語』に出てくるキャラクターを知っておくこと**、です！

『源氏物語』とは、平安時代の女房（宮中で藤原道長の娘である藤原彰子に仕えていた）である紫《むらさき》式部《しきぶ》という女性が綴った、平安時代を舞台にした長編物語。光源氏が主人公の恋愛遍歴をたくさん描いている。……ここまではなんとなく皆さん理解しているかもしれません。

この作品の特徴は、とても長い期間を描いていること。物語では光源氏が生まれる前から、死んだ後に子孫が活躍する時代まで綴られています。つまり作中、約70年の時間が経っている。かなりロングスパンを描いた物語なのです。

さてそんな『源氏物語』、当然、登場人物も多い。

何せ、光源氏が恋愛する相手が多い。とにかく、光源氏はたくさんの女性と関係を持ちます。

ですから『源氏物語』初読の方が、いきなり現代語訳を読むと、誰が誰かわからなくなりがち。そのため、現代語訳を**読む前にまず、「キャラクターの名前」と「どんなことをした人なのか」を頭に入れておいたほうがいいのです。**

古典は、ネタバレしたほうがいい

古典作品とは、「ネタバレがあっても面白い」作品のことだと私は思っています。

ネタバレされていても、あらすじがわかっていても、それでも実際に読んでみると、やっぱり面白い。——そんな作品が、古典として残るのではないか。私はそんなふうに考えています。今の時代、ネタバレというと絶対的に悪いことだと思われがちですが、古典作品に関しては例外も多いのです。

むしろ古典作品を読むときは、積極的にネタバレを知ってから読んだほうがいい。そう私は思っています。『源氏物語』なんて、六条御息所《ろくじょうのみやすどころ》が生霊になることや、光源氏が義母と関係を結んでしまうことも常に盛大にネタバレされていますが、それでもやっぱり読んでいると興奮するし、面白いのです！

なので、積極的にネタバレを知ってから『源氏物語』の原文や現代語訳を読みましょう。絶対にそのほうが、細部の描写の面白さに気づくはず。

『源氏物語』は3章に分けられる

『源氏物語』は、全54帖。帖とは折りたたんで作られた冊子のこと。全54巻のことと思っていただいてかまいません。

しかし、全54巻。長いですね。しかし帖ごとの長さにはばらつきがあり、やたら長い帖もあれば短い帖もあります。たとえば、光源氏の息子たちの恋愛を描いた「総角《あげまき》」はやたら長い。あるいは源氏のかつての想い人、空蟬《うつせみ》との再会を描いた「関屋《せきや》」の帖は番外編か？　と思うほど短いのです。

帖のタイトルは、紫式部がつけたという説も、他の人がつけたという説もあります。が、大抵は作品に登場するモチーフから名付けられているので、「この帖のタイトルはどんな和歌や名前からとったのかな?」と興味を持ってみると、面白いかも。

さて、そんな全54帖の大長編『源氏物語』。だいたい3つのパートに分けられます。

第1章:光源氏の青年期　1~33帖
第2章:光源氏の老後　34~41帖
第3章:光源氏の死後　42~54帖

第1章は、光源氏が青年になり、モテてさまざまな女性との浮名を流す時代。

そして第2章は、光源氏が歳をとり、自分がもう若い時と同じように恋愛することはできない、とショックを受ける時代。息子・娘世代の物語も動き始めます。

さらに第3章は、光源氏の死後、新しい主人公が登場する時代。案外登場人物が少ないので、わりと読みやすい。

そんなわけで、『源氏物語』とは**「光源氏がモテた時代↓モテなくなった時代↓光源氏の死後」と変遷を辿る物語なのです。**

第1章の重要人物　敵と味方編

さあ、ここからはそれぞれの章に登場するキャラクターを具体的に見ていきましょう。第1章は光源氏がさまざまな家の女性と浮名を流す時期。登場人物が大量です。

①主人公

・光源氏

「桐壺帝《きりつぼてい》」と「桐壺更衣《きりつぼのこうい》」の息子。第1帖「桐壺」では、光源氏が生まれるに至ったふたりの恋愛模様が描かれています。

天皇の息子なのに、「親王」という次期天皇候補の立場にはならなかった。――その設定こそが、『源氏物語』の面白さをつくりだすのです。のちのち説明しましょう。

②主人公の親

・桐壺帝

光源氏の父親。

・桐壺更衣

光源氏の母親。身分が高くない、ということだけ頭の片隅においておいてください。

③主人公のライバル

・頭中将《とうのちゅうじょう》

左大臣の息子。悪いこともやる友人時代から、政治的に敵になる時代に至るまで、光源氏とはずっと関係の深いライバル。

④主人公の敵

・弘徽殿女御《こきでんのにょうご》

右大臣の娘。この人が第1章最大の政敵。というのも、桐壺帝の正妻である彼女は、身分も高く、本来ならもっとも「次期天皇の母」に近い立場でした。しかし、桐壺帝の別の女性への溺愛が、弘徽殿女御の計画を狂わせる……。光源氏失脚のきっかけをつくったのも、この人。

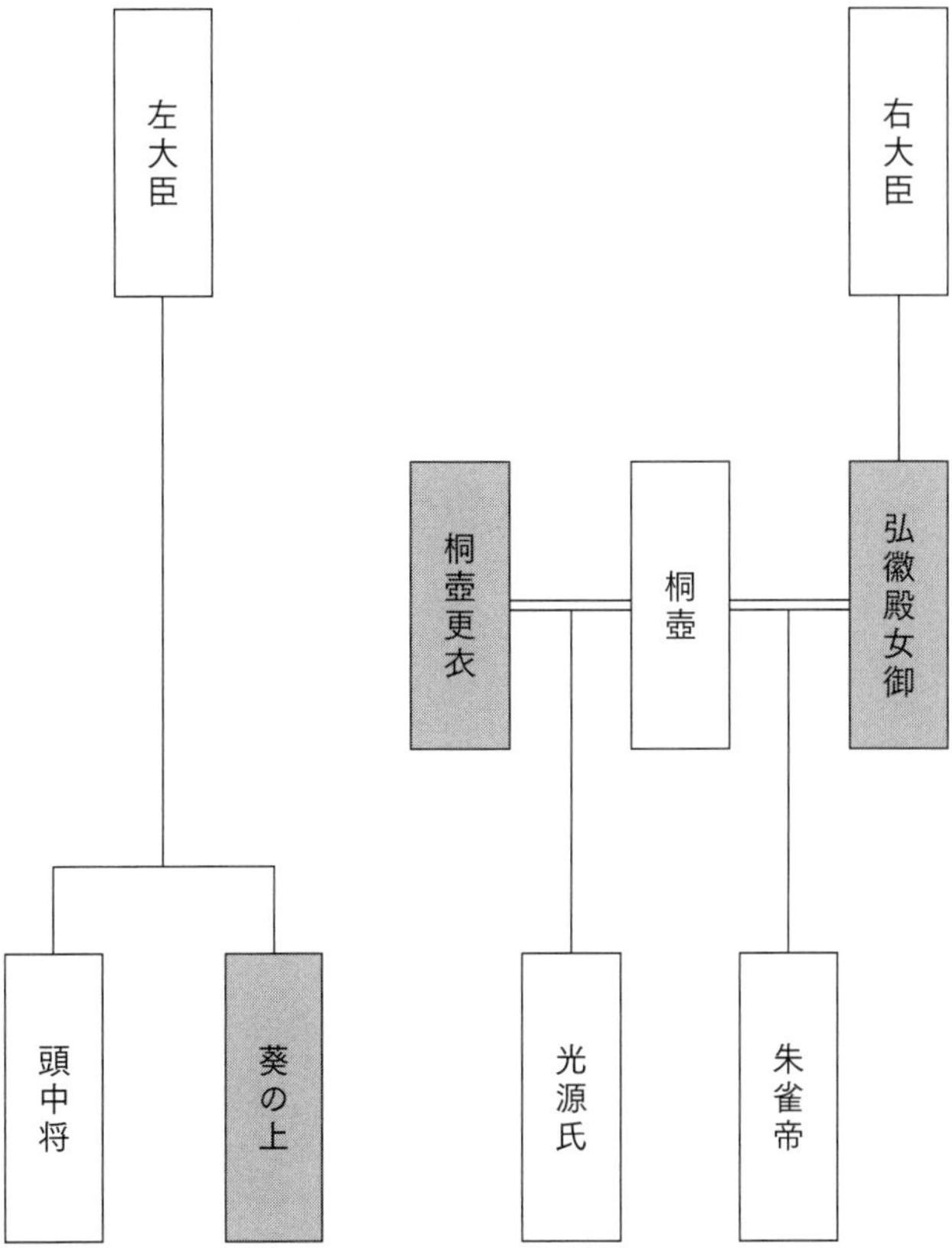
左大臣
右大臣
桐壺更衣
桐壺
弘徽殿女御
頭中将
葵の上
光源氏
朱雀帝

第1章の重要人物　恋の相手編

第1章には、源氏の恋の相手として、さまざまな女性が登場します。

・藤壺《ふじつぼ》

光源氏の義理の母（桐壺帝の後妻）。が、光源氏にとっては、初恋の人。

・紫の上

藤壺の姪であり、「藤壺に似てる」という理由から、幼少期に光源氏が育てることに決めた少女。やがて光源氏の妻となり、生涯子どもをつくることなく死んでいくところまで描かれる意外と不憫なヒロイン。

『源氏物語』でひとりだけヒロインを選べといわれたら彼女。

・夕顔

光源氏の親友（頭中将）の恋人。

光源氏とも恋愛していたが、光源氏と寝ていたところに物の怪がやってきて、取り憑かれ亡くなってしまう。

出会いから死ぬまでハイスピードで展開されるエピソードが強すぎて、光源氏も読者も忘れられない女。

・葵の上

光源氏最初の正妻。

しかし光源氏の愛人・六条御息所の生霊に取り憑かれて亡くなってしまう（※つまり『源氏物語』の物の怪エピソードといえば夕顔か葵の上なのです）。

作中一度も和歌を詠まない＝本心が見えない女。

・六条御息所

光源氏の愛人。

身分が高く、非の打ちどころのない女性。が、うっかり光源氏と恋愛してしまったがために生霊（！）になってしまうという恐ろしい運命を辿る年上彼女。

生霊といい、別れのシーンといい、『源氏物語』の名場面をつくり続け、読者と作者にもっとも愛されてそうなキャラクター。

・朧月夜《おぼろづきよ》

「右大臣」の娘。つまり弘徽殿女御の妹。

光源氏は政敵の家の娘とうっかり恋愛してしまったがために、『源氏物語』最大のスキャンダルを引き起こす……。

積極的で、ドラマチックな場面の多い女。ちなみに筆者は朧月夜の場面が作中いちばん好きです！

・明石の君《あかしのきみ》

光源氏が都を追われ、明石で暮らしていたときに出会った、田舎にいる大富豪の娘。教養も容姿も振る舞いも完璧。そして光源氏の子どもを身ごもることに。

・花散里《はなちるさと》

控えめで癒やし系の、光源氏の妻。しばしば登場してはいいエピソードを残す。

・末摘花《すえつむはな》

容貌が特徴的すぎて光源氏がギョッとした、という失礼な話が描かれる、貧乏な姫。

……多いですね!!　第2章は明日以降にしましょう。

今日のおさらい

『源氏物語』は光源氏が生まれてから死ぬまで～光源氏の子孫世代まで描かれている。

2日目

☆恋愛は三角関係でよむ

読む帖：全体のまとめ

第2章の重要人物　子ども世代編

光源氏の子ども世代が活躍するのが、第2章。

①光源氏の子どもたち

・夕霧《ゆうぎり》

光源氏と亡き葵の上の息子。

雲居雁《くもいのかり》（頭中将の娘）という幼馴染と、いろいろあって結婚。

優等生だが女性へのアプローチは下手で、振られやすい……。父親から何を学んでいたのか。

・明石の姫君（のちに明石の中宮）

光源氏と明石の君の娘。が、紫の上に育てられる。

今上《きんじょう》天皇の妻になり、のちの天皇を産み、光源氏一家を繁栄させてくれる、できた娘。

・**冷泉帝《れいぜいてい》**
表向きは、桐壺帝と藤壺の息子。実は、光源氏と藤壺の息子。
出生の秘密を知ってもまともに生きている、まともな息子。

②光源氏にショックを与えるキャラクター

・**柏木《かしわぎ》**
頭中将の息子。夕霧と仲良し。
だが光源氏の妻・女三宮《おんなさんのみや》に恋してからは、破滅の道に至る、かわいそうな青年……。

・**鬚黒《ひげくろ》**
玉鬘《たまかずら》と結婚することになる、風流心はないが政治力と決断力はある男。

第2章の重要人物　女性ヒロイン編

光源氏が中年になっても、女性ヒロインは登場します。

・玉鬘《たまかずら》

頭中将と亡き夕顔の娘。

『源氏物語』史上もっとも求婚された回数の多い、要はモテる女。

田舎から光源氏が引き取って育てることになる。当然、光源氏も手を出そうとするが、玉鬘は拒否。……このあたりから光源氏の老いが表現される。

・女三宮《おんなさんのみや》

光源氏の最後の正妻。

朱雀帝の娘で、光源氏妻たちのなかでもっとも身分が高い。

14歳で光源氏と結婚することになり、ぼーっとした姫だったが、柏木に恋されてはじめて自我が芽生える。飼っている猫がトレードマーク。

第3章の重要人物　源氏の子や孫世代編

光源氏が亡くなった後、「宇治十帖」と呼ばれる、宇治を舞台にした物語が描かれます。「宇治十帖」の主人公になるのはこの世代です。

①主人公

・薫《かおる》

表向きは、光源氏と女三宮の息子。実は、柏木と女三宮の息子。出生の秘密ゆえか、若い時からやたら「出家したい」と言い、抑圧的に生きていたら……宇治で一目惚れした女性・大君《おおいぎみ》に恋い焦がれてしまう。しかし成就しない。いくつになっても悩み多きお年頃。

・匂宮《におうのみや》

今上帝と明石の中宮の息子。つまりは光源氏の孫。恋愛好きで、美しい女性はすぐ口説く。歯の浮くような台詞のデートをしがち。薫と対比されがち。

②ヒロイン

・大君《おおいぎみ》

宇治八の宮の、長女。

薫から言い寄られるも、最後まで拒否し続ける。自己肯定感低め。妹大好き。病気で亡くなる。

・**中の君**《なかのきみ》

宇治八の宮の、次女。

姉のどさくさに紛れて、匂宮と結婚。ちゃっかり生きる次女。

・**浮舟**《うきふね》

宇治八の宮の、隠れていた三女。大君や中の君の異母妹。

田舎育ちで、母の身分が低い、『源氏物語』史上もっとも平凡で普通のヒロイン。

薫と匂宮の双方に言い寄られ、ドラマチックな三角関係を経験することになる。

板挟みの末、宇治川に飛び込むという爆弾末娘ガール。

『源氏物語』の展開をざっくり知る

……多かったですね！　おつかれさまでした！

ただこれはあくまで「とりあえずこんな人たちが出てくるんだな」と理解しましょう、

1～11帖：宮中の光源氏と恋愛

12～21帖：光源氏の須磨からの復活

22～31帖：（番外編）玉鬘の結婚騒動

32～41帖：光源氏の老後問題

42～54帖：（番外編）薫、匂宮の宇治恋愛

というだけなので、人物全員を覚えなくても大丈夫です。

ここで、全体の流れをざっくり整理してみましょう。

昨日は「『源氏物語』は3章に分けられる」と書きましたが、キャラクターを学ぶと、もう少し詳しく分類することができます。上の図をご覧下さい。

……とはいえ、これも後でもう一度詳しく紹介しますので、今はなんとなく頭に入れるだけで良いです（※詳しく知りたい方は、12日目を先に読んでみてください）。

子ども世代の物語は『源氏物語』の番外編のようなもの（「宇治十帖」）ですが、案外ここが長いんですよね。

平安時代の常識とは？

さて、物語の内容に入っていく前に、『源氏物語』の時代、つまり平安時代の常識について かんたんに見ましょう。

登場するキャラクターは現代とは違う感覚で生きていますから、「当時はそうだったんだな」と理解してください。

・高貴な女性は姿を見せない

当時の高貴な女性は、御簾《みす》（すだれ）や几帳《きちょう》（間仕切り）の奥にいるのが普通でした。そのため、交際していない限り、男性が姿を見ることはありません。が、案外『源氏物語』には「高貴な女性の姿を偶然見てしまって、恋に落ちた」場面が多々描かれています。つまり「どこで姿を見せるか」というシチュエーションづくりは紫式部の腕の見せ所でした。

・貴族の結婚は政治のため

貴族の家の父親にとって、娘とは、政治的に利用するための存在。たとえば「娘が天皇の妻になり、次期天皇の母になる」ことは父がもっとも出世できるルートだったのです。貴族の娘であれば、「できるだけ身分の高い夫と結婚する」ことを親が推奨したりしていた時代。恋愛感情と、政治的合理性。その間で、『源氏物語』は常に揺れています。

・夢や霊や妖怪や占いを信じがち

夢にこういう存在が登場したから、現実でもこういう運命になるのだろう……という発想が常識だった時代。霊や夢を信じるスピリチュアルな感覚は、現代ともっとも異なるところかもしれません。実際、『源氏物語』では「生霊」が普通に登場します。

・気分が盛り上がると、和歌

男女の関係が盛り上がると、和歌。自分の気持ちが盛り上がると、和歌。楽しいときも悲しいときも、和歌。『源氏物語』には大量の和歌が詠まれています。和歌はコミュニケーションツールでもあり、自分の気持ちを吐露する手段でもありました。文字で書くときもあれば、口で伝えるときもあります。とにかく和歌は自分の感情を言葉にするツールだったのです。基本的に男女の恋愛ならば、和歌は男性から詠みかけるのが普通……とされていました（が、『源氏物語』には例外的に自分から歌を詠みかける女性も登場します）。「男性から口説くのが当たり前」の時代だったのです。

さて、それでは実際に本編に入っていきましょう！

紫式部という天才的な作家が綴った作品を、千年の時を経て読むことができるなんて、なんて素敵なことなんだろうと私は今わくわくしていますよ！

今日のおさらい

『源氏物語』は光源氏の人生を描いた本編と、光源氏の子孫の時代を描いた「宇治十帖」で成り立っている。

3日目

☆人は身分が9割？

読む帖：第1帖「桐壺」

甘いだけじゃない！『源氏物語』

一般に、『源氏物語』は、日本最古の長編恋愛小説だといわれています。けれど、これは『源氏物語』をめぐるもっとも大きな誤解だと私は思っています。『源氏物語』に描かれているのは、決して恋愛「だけ」ではありません。

『源氏物語』は、政治をめぐる社会派の作品でもあるし、ある種のホームドラマでもあるし、霊や超常現象を取り扱うホラーでもあるし、人間同士の関係性を描いたヒューマンドラマでもある。

『源氏物語』はありとあらゆる要素が詰まった、総合的な長編物語なのです。

さてまずは、かの有名な『源氏物語』の冒頭を読んでみましょう。

よく知られた、桐壺帝と、桐壺更衣のエピソードです。

1日目に見た通り、彼らは『源氏物語』の主人公・光源氏の、父母でした。

光源氏の父親は、その時代の天皇・桐壺帝。**彼が寵愛したのは、桐壺更衣という身分があまり高くない女性でした。**

それは帝《みかど》がどなたの時代だったか――宮中に女性はたくさんいたけれど、そのなかで彼女は、誰より帝の寵愛《ちょうあい》を授かっていた。

彼女の身分は、決して、高くない。その事実が身分の高い女性の妬みを誘った。しかしそれよりもずっと苛立ちを隠しきれなかったのが、彼女と同じ、あるいは彼女よりも低い身分の女性たちだ。

「なんで、あの女が？」

桐壺更衣は宮中の憎悪を一身に引き受けていた。

帝は毎日彼女に会いたがった。朝と晩の毎日二回、彼女は帝のお側に上がる。そのたび廊下を渡る。――その姿を、宮中の女たちはじいっと見つめていた。

嫉妬や憎悪は彼女の体に巣食い、いつしか彼女は病気がちになってしまった。

しかし帝は、最近ますます華奢になり儚《はかな》く危うい雰囲気となった彼女を、さらに寵愛したのだ。

「かわいそうに……だけど、たまらないな」

実家へ帰ろうとする彼女を止めたのは、帝自身だった。

帝は世間の批判を気にせず、いっそう寵愛を深めた。それはもう、世間の語り草になるほどの溺愛っぷりだった。

いづれの御時にか、女御、更衣あまたさぶらひたまひけるなかに、いとやむごとなき際《きは》にはあらぬが、すぐれて時めきたまふありけり。はじめより我はと思ひ上がりたまへる御かたがた、めざましきものにおとしめ嫉《そね》みたまふ。同じほど、それより下臈《げろう》の更衣たちは、ましてやすからず。朝夕の宮仕へにつけても、人の心をのみ動かし、恨みを負ふ積りにやありけむ、いとあつしくなりゆき、もの心細げに里がちなるを、いよいよあかずあはれなるものに思ほして、人のそしりをもえ憚《はばか》らせたまはず、世のためしにもなりぬべき御もてなしなり。

（「桐壺」）

「衣を更《か》える」と書いて更衣。更衣というのは、役職なのですが、要は「偉い人が着ているものを預かる」くらいの役目から来ている言葉のようで――決して重要な地位ではない。そんな身分低めの桐壺更衣は宮中にきて、いきなり桐壺帝に寵愛されてしまいます。

この寵愛というのが、困ったものでした。

当時は、今のように結婚＝同棲ではありません。宮中の場合、帝が望んだ夜だけ、帝の寝所（夜の御殿）へ、望まれた女性が渡る。そして女性は夜明けまでには自分の部屋に戻る。

桐壺更衣は、身分が高くないので桐壺という北の端の部屋にいました。そこから帝のところへ渡るので、他の部屋の前を通ることになります。すると、**どのくらい帝に会いたいと思われているのか、すべて周りの人にわかってしまうのです。**

しかも平安時代の天皇はさまざまな女性と結婚し、たくさんの子孫をつくることが必要とされていた。しかし、桐壺帝は桐壺更衣「だけ」を溺愛するようになってしまうのです。これは当時の宮中では、大問題。

桐壺更衣はただでさえ「なんであんな身分の低い女が愛されてるんだ」と嫉妬を買っていたのに、**桐壺帝の通う頻度の高さが、彼女の廊下を歩く音が聞こえるたびに周知される。**そしてさらに嫉妬される桐壺更衣。そりゃ病気がちにもなるというものです。

しかし桐壺帝の悪いところは、そんな弱った彼女を見てさらに「いよいよあかずあはれなるものに思ほして（ますます求めたくなり、グッとくるように思えて）」、寵愛を深めたこと。

さて、このあと桐壺更衣は病気になり、あっさり亡くなってしまいます。

『あさきゆめみし』の少女マンガ改変

ここまで読んだあなたは「え、やっぱり『源氏物語』は恋愛小説じゃない？」と思われたかもしれません。

でも考えてみてください。桐壺更衣ははたして、「恋愛」をしていたのでしょうか？

あなたはどう思いますか？

私がすごく好きなマンガに『あさきゆめみし』（大和和紀、講談社）という作品があります。

『源氏物語』を全編少女マンガにした、という文化史に残る画期的かつ革命的な偉業を成し遂げた作品ですね。ちなみに『あさきゆめみし』刊行当時、大学の国文学の先生方は「最近の学生は、異様に『源氏物語』理解度が高い、なぜなんだ」と首を傾《かし》げていたそうです。『あさきゆめみし』のおかげだよ！

しかしこの『あさきゆめみし』、マンガとしてあまりにも完成度が高いがゆえの問題点がありまして。大和先生は『源氏物語』原作に存在しないエピソードもたまに創作されているのですが、しかしこのエピソードが秀逸すぎて、私たち読者はどこが原作のエピソードで、どこが漫画オリジナルなのか気づかない。

たとえば、この桐壺帝と桐壺更衣のエピソード。『あさきゆめみし』では、桐壺帝と桐壺更衣のふたりが恋に落ちる素敵な場面が、挿入されています。「……あなたが天女なら……わたしは月読《つくよみ》（月の精）だ……　月に顔を見られてなんの恥じることがありましょう」（『あさきゆめみし』1巻）という名台詞まであるのです！　が、これ、原作にはまったく存在しない台詞。

そう、『源氏物語』を素敵なラブロマンス物語として描くのならば、桐壺帝と桐壺更衣は、しっかり恋に落ちる必要がありました。ふたりのラブロマンスは、桐壺更衣に嫉妬する悪者によって阻まれた、というふうに描くべきです。

しかし紫式部は、実はそう描いていない。

桐壺更衣は、登場するや否や桐壺帝に寵愛され、そして周囲に嫉妬され、光源氏を出産し、あれよあれよという間に亡くなってしまいます。というか、桐壺帝のことを好きとか嫌いとか考える暇もなかったのではないでしょうか。

なぜなら桐壺帝に愛されることは、桐壺更衣にとっては、自分の野心を叶える手段だったから。

桐壺更衣のアイドル的野心

桐壺更衣が亡くなってから、彼女の母親は、こんなふうに述懐します。

あの子（桐壺更衣）の父は、死ぬ間際まで繰り返し私に言いました。
「娘が宮中に入る、という願いをかならず叶えてやってくれ。私が死んでも、彼女の夢を諦めさせないように」
だからこそ、後ろ盾もない宮仕えはしんどいだろうと思いつつも、父の遺言を叶えようとあの子を宮仕えさせたんです……。

故大納言、いまはとなるまで、『ただ、この人の宮仕への本意《ほい》、かならずとげさせたてまつれ。われ亡くなりぬとて、くちをしう思ひくづほるな』と、かへすがへすいさめおかれはべりしかば、はかばかしう後見《うしろみ》思ふ人もなきまじらひは、なかなかなるべきことと思ひたまへながら、ただかの遺言を違《たが》へじとばかりに、いだし立てはべりしを、（後略）
（「桐壺」）

やや意外な気もしますが、**桐壺更衣は父の遺志を継いで「絶対に後宮に入りたい！」という野心を持っていたんですね。**

普通、父親が亡くなった娘は、経済的な援助も少ないので、天皇のお嫁さん候補であるところの後宮入りはなかなか厳しいものです。でも無理にでも後宮に入りたい、父の願いを叶えたいと願ったのは、ほかならぬ桐壺更衣だった。だからこそ無理して入れたんだけど、それがかえってあの子を苦しめるなんて。と母親は後悔しています。

まるで、アイドルになりたいと家を飛び出した娘を、「あのとき止めておけば」と後悔する母親のような台詞だと思います。

つまりは宮中に入ることは彼女の夢だった。しかし実際に入ってみたら、思いがけず寵愛されてしまう（アイドルグループだったら、実力が伴っていないのに、いきなりセンターに抜擢《ばってき》されるようなものでしょうか）。結果として周囲にいじめられ、しんどい場所だったことがわかった、というのが桐壺更衣側のストーリーだったのです。

桐壺帝に恋する暇なんて、なかったのではないでしょうか。

平安時代の貴族の女性たちにとって、自分の運命を切り拓くことのできる選択肢は、まずは結婚しかなかった。桐壺更衣のシンデレラストーリーは、彼女たちの階級上昇の手段が「権力のある男性に見初められ、好きになってもらうこと」しかなかったことを、よくわからせてくれます。

だとすれば、光源氏に恋をしていたとされる女性たちは、本当に、恋をしていた、のでしょうか？　『源氏物語』は、本当に「恋愛」を主題としているのでしょうか？　そこにはむしろ、恋愛と結婚の境界にある社会的ないとなみが描かれていたように、思えてなりません。

今日のおさらい

光源氏の母・桐壺更衣はいじめられた末に亡くなった。

桐壺

4日目

☆平安の恋は恋にあらず

読む帖：第1帖「桐壺」

母親に似ているから

前章で見た、桐壺更衣が亡くなってしまった後、桐壺帝は落ち込んでしまいます。落ち込んだ末に何をしたかといえば――桐壺更衣にそっくりな女性を入内《じゅだい》させたのでした。この女性が、「藤壺」と呼ばれるキャラクター。

『源氏物語』にはたくさんの女性が登場しますが、ヒロインを3人だけに絞れと言われたら、私は確実にこの藤壺を入れます。

なぜなら、彼女は、光源氏の初恋の相手だから。

光源氏は、自分の義母である藤壺に恋をします。そのシーンがこちら。

桐壺更衣が亡くなった悲しみは、藤壺によってすぐまぎれたわけではなかった。が、自然に桐壺帝の心は藤壺に傾いた。そのうち少しずつ、帝の悲しみは癒えていった。

幼い光源氏は桐壺帝のそばを離れない。そのため頻繁に帝と会っている藤壺は、光源氏がいても、恥ずかしがって姿を隠すこともなくなっていった。

ちなみに桐壺帝の周囲にいる女御たちは、自分がいちばん美しいはずだと思っている。実際、彼女たちは美しいのだ。しかし彼女たちは……若くなかった。

その点、藤壺はとても若く、そして美しい。藤壺は人前では顔を隠そうとしたが、それでもその美しさは漏れ見えてくる。

光源氏は、実の母である桐壺更衣のことをまったく覚えていなかった。しかし典侍《ないしのすけ》が、「彼女は母君にとてもよく似てますよ」と言うので、藤壺のそばにいるとなんだか嬉しくなった。幼な心にも「この人のそばにいたい」「もっと近くで見ていたい」とふんわり感じるようになった。

おぼしまぎるとはなけれど、おのづから御心うつろひて、こよなうおぼし慰むやうなるも、あはれなるわざなりけり。

源氏の君は、御あたり去りたまはぬを、ましてしげく渡らせたまふ御方は、え恥ぢあへたまはず。いづれの御方も、われ人に劣らむとおぼいたるやはある、とりどりにいとめでたけれど、うちおとなびたまへるに、いと若ううつくしげにて、切《せち》に隠れたまへど、おのづから漏り見たてまつる。母御息所《みやすどころ》も、影だにおぼえたまはぬを、いとよう似たまへりと、典侍の聞こえけるを、若き御ここちにいとあはれと思ひきこえたまひて、常に参らまほしく、なづさひ見たてまつらばやとおぼえたまふ。（「桐壺」）

光源氏の藤壺への想いを、「恋」と受け取っていいのかどうか。現代的な視点で考えると、

私はなんだかよくわからなくなってきます。単純に、母親を亡くした少年が、「母親に似ている」と言われるきれいな女性を見て、母親に感じるようななつかしさを覚えている……というふうにも読めるからです。

結婚してても関係ない

成長した光源氏は、さくっと別の女性と結婚してしまいます。相手は左大臣家の娘、通称、葵の上。

でも光源氏の心は、相変わらず藤壺に向いているのです。その証拠に、元服(成人の儀式)をしてから藤壺のいる御簾の中に入れてもらえなくなった光源氏は、「葵の上より藤壺の宮に会いたい！」と心の中で思ってしまっているんですね。

光源氏は、いつも桐壺帝に呼ばれて仕事をしていた。そのため自分の家でゆっくりする時間もない。

しかし会えないなかでも、彼は「藤壺様くらい、美しい人っていないよなあ……」と彼女へ常に思いを募らせていた。

「藤壺様のような方と結婚したい。あんな人、他にいない。葵の上は大切に育てられたお嬢さんなんだろうけれど、いまいち好きになれん」

若さゆえだろうか、藤壺のことで頭がぱんぱんになった光源氏の恋心ははちきれんばかりで、もうほとんど苦しみの域まで達していた。


源氏の君は、上の常に召しまつはせば、心やすく里住みもえしたまはず。心のうちには、ただ藤壺の御ありさまを、たぐひなしと思ひきこえて、さやうならむ人をこそ見め、似る人なくもおはしけるかな、大殿《おほいとの》の君、いとをかしげにかしづかれたる人とは見ゆれど、心にもつかずおぼえたまひて、幼きほどの心ひとつにかかりて、いと苦しきまでぞおはしける。

（「桐壺」）


なんだか、妄想で頭をぱんぱんにする男子中学生のような男。実際、彼は元服当時12歳とのことでしたので、男子中学生くらいの年齢なのですが。

このあたりの描写を読むと、光源氏の恋愛感情である「もっと会いたい」は、会うことを禁じられるから余計に募る感情に見えるよなあ、と私なんかは感じます。

結局、光源氏は藤壺への恋愛感情を忘れられず、夜這い（！）することになります。急展開！

藤壺が病気で実家に帰っていたタイミングを狙い、侍女に頼み込み、光源氏はとうと

う藤壺の寝室に忍び込む。そして無理矢理、一夜を過ごす、のですが。

王命婦《おうみょうぶ》（藤壺の侍女）はふたりをどんな方法で会わせたのだろう。彼女が無理をしたのだろうけれど、ふたりはいろいろあって会うことになった。光源氏にとっては、その時間も現実だと思えなくて、切なかった。

藤壺はずっと震えながら葛藤していた。

「なんて恐ろしいことをしてしまったのか……私、せめてもう二度とないようにと思っていたのに、こんな、二度目なんて」

光源氏はそんな藤壺を見て、「つらそうだなー」とは思うものの、そんな様子もまた可憐で奥ゆかしく、美しい。

どうしてこんなに完璧な女性と出会ってしまったんだろう。光源氏は悲しくなってしまった。

いかがたばかりけむ、いとわりなくて見たてまつるほどさへ、うつつとはおぼえぬぞ、わびしきや。宮も、あさましかりしをおぼしいづるだに、世とともの御もの思ひなるを、さてだにやみなむと深うおぼしたるに、いと心憂くて、いみじき御けしきなるものから、なつかしうらうたげに、さりとてうちとけず、心深うはづかしげなる御もてなしなどの、

なほ人に似させたまはぬを、などか、なのめなることだにうちまじりたまはざりけむと、つらうさへぞおぼさるる。（「若紫」）

読者としては「**えっ、これが2回目ってこと!?**」と二度見せざるを得ない場面です。紫式部は1度目の逢瀬を描かず、あえて2度目の逢瀬で「これが2回目なんですよ」と示すんですね。ただでさえ急展開なのに、まさかの2回目。

そして藤壺は懐妊。藤壺と光源氏の子どもが、誕生してしまうのです。

なぜ紫式部は完璧な女性を「母」にしたのか？

光源氏は最初、藤壺のことを亡き母の代わりのように、愛着を覚えていた。しかし元服と同時に会うことを禁じられ、別の女性と突然結婚することになり、しかもその女性は好みではなかった。すると「よく知らない葵の上よりも、見知った美人の藤壺のほうが好みなんですけど！」と思うようになった。そして藤壺に迫ってしまう。

無理もない。そりゃあ見ず知らずのお嬢である葵の上よりも、藤壺のほうが愛着あるだろうよ、幼少期から母代わりに慕ってきたわけだし、と読者としては苦笑しちゃうところですね。むしろ比べられる葵の上のほうがかわいそう。

実際、光源氏と藤壺は5歳しか違いません。年の離れた姉と弟くらいの年の差。光源氏にとって藤壺は、身近な綺麗なお姉さんでもあったのです。ちなみに密通していた「若紫」の時点では、光源氏18歳、藤壺23歳でした。

そう考えると、光源氏にとって藤壺への初恋は、ある意味失われたホームドラマの延長線上と、初恋の感覚と、そして思春期のエネルギーと、いろんなものが入り混じった感情に見えてきます。

つまり光源氏にとって、藤壺は、初恋の相手ではあるけれど、同時に、母の代わりとなるような女性だった。

藤壺とは、光源氏にとっても『源氏物語』という物語全体を通しても、もっとも身分も振る舞いも容姿も「完璧」とされる、非の打ちどころのないヒロインです。

しかしそんな藤壺を母にしたところに、何か紫式部が『源氏物語』で描きたかったもの、が込められていたのではないでしょうか。

今日のおさらい

光源氏の初恋の相手は、義母である「藤壺」。

5日目

☆実際あったゴシップネタも物語に

読む帖：第1帖「桐壺」

週刊文秋

占いで「光源氏」は皇族でなくなった

さて、光源氏について、こんな疑問を持つ方もいるかもしれません。

「ん？　光源氏って、天皇の息子なんだよね？　ということは次期天皇候補？　なんでこんなに自由に恋愛してるの？」

実は光源氏の立場は、ちょっと特殊なのです。

というのも、光源氏は「臣籍降下《しんせきこうか》」と呼ばれる、「皇族ではなくなる」手続きを踏みます。桐壺帝の息子ですから、普通にしていれば、次期天皇候補（東宮《とうぐう》）になることもできるはずでした。

しかし『源氏物語』冒頭、桐壺帝は、人相占い師にこう告げられるのです。

「この方は、天皇になるべき人相が出ております……しかしこの方が天皇になれば、国は乱れる、と出ています。

ただ天皇を補佐する立場と見ると、それも違います」

何人かの占い師も同じように言ったのを聞いた帝は、**光源氏を臣籍降下させることに**

決めるのでした。

というわけで光源氏は「源氏」という名字をもらい、**皇族ではなくなったのです。**

ちなみに実は「光源氏」は本名ではなく、愛称。高貴な人は名前で呼ばれない風習が当時はありました。みんな光源氏のことを、美しすぎる「光る君」と呼んでいたので、後世でも通称光源氏、と呼ばれるようになったのですね。

こうして光源氏は天皇の息子でありながら、天皇候補ではないという、「この上なく高貴な立場だけれど、自由に恋愛はできる身分」を手に入れた。

宮中の華やかな恋愛模様を描くにあたって、これ以上にぴったりな設定があるでしょうか。天皇候補だったら自由恋愛できないけれど、身分が高いから様々な女性と関係を持てる。

光源氏は身分が高い人とも低い人とも付き合っていますが、その背景には、この設定が効いているのです。

が、占い以外にも、実は桐壺帝が、光源氏を親王にしない＝皇位継承権を与えなかった理由がありました。

桐壺帝が光源氏を親王にしなかった、本当の理由

時は平安時代、摂関政治の全盛期。

桐壺帝の周囲には、ざっくり「右大臣」一派と「左大臣」一派が存在していました。

当時、権力を持っていたのが、「右大臣」一派。

たとえば右大臣の娘として有名なのが、**弘徽殿女御**。あの桐壺更衣をいじめまくって、宮中から追い出そうとしていた、裏のボスです。彼女は桐壺帝の妻なのですが、桐壺更衣が来てからというもの、放っておかれていましたから、ずっと腹を立てていた。

そんな弘徽殿女御をはじめとする、右大臣一派。

右大臣一派としては、弘徽殿女御と桐壺帝の間にできた息子を、天皇にしたいに決まっています。自分の息子や孫が天皇になれば、摂関政治でもっとも強い権力を持つことができる。

そこで邪魔になるのが、光源氏です。

桐壺更衣の息子であり、右大臣家の躍進を邪魔しそうな人気と才気のある、光源氏。

右大臣一派が目の敵《かたき》にするのは、言うまでもありません。

もし光源氏が親王（＝皇位継承権を持っていると認められた存在）になってしまったら、弘徽

殿女御が光源氏をいじめ抜くことは、桐壺帝も簡単に想像できました。

しかし、光源氏の母親は死んでしまっているし、身分も高くない。光源氏が親王として右大臣一派と戦おうとしても、桐壺帝が亡くなった後、援助してくれそうな存在はいないのです。

そう考えると、光源氏は天皇候補として頑張ってもらうのではなく、官位をもらってひとりの貴族になったほうがいいだろう。

桐壺帝はそう考え、光源氏を親王にしなかったのです。

実際、弘徽殿女御の息子は、朱雀帝《すざくてい》として、桐壺帝の後に天皇に即位します。

実在した「宇多天皇」の物語を忍ばせる紫式部

しかし、ここまで読んで思いませんか？

「ん？　じゃあ政治的な配慮から光源氏を親王にしなかった、でいいんじゃないの？なんで紫式部はわざわざ占いのシーンを入れたの？」

そうなんです。紫式部が描いた占いのシーンは、実は読者をドキドキさせる仕掛けだったのです。

占い師はこう言います。「この方は、天皇になるべき人相が出ております」と。

平安時代初期、現実に宇多《うだ》天皇という人がいました。彼はまさに光源氏と同じように、天皇の息子でありながら政治的な理由から源氏姓を賜ることになる（臣籍降下）。しかし父の光孝《こうこう》天皇が病で倒れたとき、誰も次期天皇候補がいなかった。結果的に、源姓をもらい臣下にくだっていた息子が位をもらい、宇多天皇が誕生したのでした。**日本の歴史上唯一、皇族↓源氏（臣籍降下）↓天皇というルートを辿った人です。**

紫式部の時代、宇多天皇のことは貴族なら誰もが知っていた。だからこそ『源氏物語』を読む読者は、この占いのシーンを読んで、「**光源氏も宇多天皇みたいに、最終的に天皇になる場面がやって来るのかな!?**」とドキドキしたのでしょう。少なくとも、紫式部はそう仕掛けていた。

その証拠に、「桐壺」の巻では、**桐壺帝が宇多天皇の描かせた絵巻を読む描写**が挿入されています。

桐壺更衣を亡くした当時、桐壺帝が毎日眺めていたのは、玄宗皇帝と楊貴妃の恋を題材にした中国の漢詩『長恨歌《ちょうごんか》』だった。

それは宇多天皇（亭子院《ていじのいん》）が、挿絵を絵師に描かせ、和歌を伊勢や紀貫之《きのつらゆき》に詠ませてつくった絵巻物なのだ。

桐壺帝は他にも和歌や漢詩のなかで、恋人に死なれた悲しみを綴ったものばかり選んで読む日々が続いた。

このころ、明け暮れ御覧ずる長恨歌の御絵、亭子院の書かせたまひて、伊勢、貫之によませたまへる、大和言の葉をも、唐土《もろこし》の詩をも、ただその筋をぞ、枕言《まくらごと》にせさせたまふ。

（「桐壺」）

白居易《はくきょい》の『長恨歌』は、中国の皇帝・玄宗が、美しすぎる楊貴妃に恋したあまり、さまざまな波乱が起きてしまったエピソードを詠んだもの。実は桐壺帝が桐壺更衣を溺愛する様子は、紫式部が『長恨歌』をオマージュしたのです。ちなみに第1帖「桐壺」では実際に「桐壺帝と桐壺更衣は、まるで玄宗と楊貴妃のような関係だった」と書かれています（『長恨歌』では玄宗が楊貴妃を殺してしまうのです。そして玄宗はそのことをずっと後悔し続けている。だとすれば紫式部にとっては、桐壺帝が桐壺更衣を殺したも同然のように描いたつもりかもしれませんが……真意はわかりませんが）。

さてそんな『長恨歌』に、自分を重ねたのか、桐壺更衣を亡くした後の桐壺帝はどハマりしてしまいます。そのとき桐壺帝が読んだ書が、実在の先代の天皇・宇多天皇がつくらせた『長恨歌』の絵巻だった。

ますます紫式部の「これから宇多天皇みたいな物語が始まるかもしれませんよ？」という目くばせを知って、当時の読者はどきどきしたのではないでしょうか。

現実とフィクション

ちなみにここで「先代の宇多天皇の絵巻を読んで……」と書いてあることから、紫式部が『源氏物語』の舞台をどの時代に設定していたのか、わかります。

実際の歴史では、宇多天皇が譲位し、次の天皇である醍醐《だいご》天皇が即位したのは、897年。その次の天皇、朱雀天皇が即位したのは、930年。

紫式部はおそらくこう設定したのでしょう。

醍醐天皇の時代を、『源氏物語』の桐壺天皇の時代に。

朱雀天皇の時代を、『源氏物語』の朱雀天皇（弘徽殿女御の息子）の時代に。

名前を同じにするあたり、紫式部の「わかる人だけわかってね」という目くばせが見えるような気がします。

紫式部が『源氏物語』を執筆したのは1001～1006年あたり。つまり、**当時の読者からすれば、50～100年前の物語が描かれていたため、『源氏物語』はちょっとした歴史物語として読まれていたのでしょう。** 現代でいえば、令和を生きる私たちが、大正時代～戦時中を舞台にした朝の連続ドラマを視聴するようなものでしょうか。

実際、「桐壺更衣が亡くなったとき、当時まだ3歳だった光源氏が宮中にいるけれど、それは例外的なことだった」、という描写があります。実は907年以前、「親を亡くした7歳以下の子供は、喪に服するため、宮中を退出しなくてはいけない」という決まりがあった。だからこそ紫式部は、「光源氏が幼い頃は、まだあの風習があった時代です」と読者に伝えるために、「例外的なんだけど……」と書き加えたわけですね。

読者としては、897年に即位した宇多天皇のことを知っていれば「この先、光源氏の運命はどうなるの!? 宇多天皇に重ねられるの!?」とドキドキしてしまうところです。**「天皇になるの!? それともならないの!?」と。**

他にも桐壺帝と桐壺更衣の物語は、清少納言が記した最古の随筆『枕草子』誕生のきっかけとなった、一条天皇と中宮定子《ちゅうぐうていし》の関係にも似ている、と言われています。溺愛する天皇と、それゆえに悲劇的な運命を辿る女性。このふたりのゴシップは、まさに紫式部が執筆していた当時の話です。

というわけで過去の歴史物語だけでなく、**現実の政治ゴシップネタもまた、紫式部は『源氏物語』にガンガン取り入れていた。**

だからこそ読者は「うわーもしかして光源氏と藤壺の密通って、私が知らないだけで、本当にあった実話……?」とさらにドキドキしたのではないでしょうか。

今日のおさらい

光源氏は、天皇の息子だが、親王＝次期天皇候補にはならなかった。
そのため自由に恋愛がしやすかった。

6日目

☆平安時代と令和の恋愛はちょっと似ている

読む帖：第2帖「帚木」、第4帖「夕顔」

なぜ顔も知らない人に恋できるのか？

平安時代の風習を知ると、かならず浮かび上がってくる疑問があります。それは、

「顔を見ずに、恋できるものなのか？」

という問いです。

現代人の素朴な問いなんですけどね。しかし気になりませんか？

たとえば古語の「見る」には、「結婚する」という意味があります。なぜなら、平安時代の貴族の女性たちは、御簾《みす》の中にいるので、男女は一夜を共にするまで相手の顔を「見る」ことができないのです。だからこそ「見る」ときは、もう結婚するときだったと言えるでしょう。

しかし顔も見ずに、どうやって平安時代の人々は恋に落ちていた――「見たい」と思っていたのか？

この謎を解くため、『源氏物語』の第４帖「夕顔」を見てみましょう。

その花の名前を知りたいように

光源氏が17歳頃のこと。

彼は乳母《めのと》（当時のベビーシッターのような存在）のお見舞いに、普段は行かないような通りへやってきました。乳母の家の門が開くのを待っている間、彼はふと、隣の小さな邸の板塀に蔓が這っていることに気づきます。そこには見たことのない、白い花が。

「この花はなんだ？」

それは、夕顔という名で、粗末な垣根に咲く花でした。貧乏な場所でしか咲かないので、だから光源氏は見たことがなかったのです。

光源氏はその花を気に入り、護衛の者（随身《ずいじん》）にひとつ折ってもらいました。

すると邸から小さい女の子が出てきて、扇を差し出したのです。

「その花、この扇に載せて、ご主人にさしあげてくださいね」

香の焚き染《し》められた、白く美しい扇には、ひとつの和歌が書かれてありました。

花の名は夕顔である、と。

――こんな庶民の町で、教養ある和歌を詠める女性、誰!?

衝撃を受けた光源氏は、その女性のことが気になって仕方がなくなります。そして従者（家来）である惟光《これみつ》に、彼女がどんな人か調べてくれ、と言うのでした。

惟光は光源氏に伝えた。

「昨日は夕陽が射し込んでいたので、顔が見えたのですが、とても美しい方でした。お手紙を書かれていましたが、どうも、何か悩まれている様子で。周りにいる女房も泣いておりました」

源氏は微笑んだ。その女性のこと、もっと知りたいなあ、と。

それを見た惟光は苦笑した。こんなに浮気ばっかりして……。普通はこのクラスの方がこれだけ浮気していたら、問題になりそうなものだけど。ま、源氏の君はまだ若いし、巷《ちまた》の女性人気もすごいし、真面目すぎてもつまらないと思われそうなのかな。しかしものすごく身分の低そうな女性であっても、良さげな女性にはすぐに興味を持つんだな、この方は。そう思って、呆れてしまった。


昨日、夕日のなごりなくさし入りてはべりしに、文書くとてゐてはべりし人の、顔こそいとよくはべりしか。もの思へるけはひして、ある人々も忍びてうち泣くさまなどなむ、しるく見えはべる」と聞こゆ。君うちゑみたまひて、知らばやと思ほしたり。おぼえこそ重かるべき御身のほどなれど、御よはひのほど、人のなびきめできこえたるさまなど思ふには、すきたまはざらむも、なさけなくさうざうしかるべしかし、人のうけひかぬほどにてだに、なほさりぬべきあたりのことは、このましうおぼゆるものを、と、思ひをり。
（「夕顔」）

腹心の部下である惟光ですら、あきれるほどの「浮気」を重ねていることが、ここでよーくわかりますね。

ちなみにこの頃、すでに光源氏には葵の上の他にも、交際を重ねている別の女性がいました。有名な、六条御息所です。とても身分も高く美しく教養もあるこの女性は、光源氏にとって、年上の何でも知ってる交際相手でした。

しかし光源氏は、夕顔に出会う前、ある会話をかわしていたのです。

それは「あんまり身分の高くない女って、魅力的で、いいぞ!!」という男同士の会話でした。なぜ身分の高くない女性が「魅力的」なのか？　これを説いたのが、第2帖「帚木《ははきぎ》」に登場する、有名な「**雨夜《あまよ》の品定め**」と呼ばれるエピソードです。

男のプライドと「雨夜の品定め」

光源氏は、友人・頭中将や、その他の男性たちと、恋愛トークを繰り広げます。

頭中将とは、光源氏の味方となる「左大臣」家の息子。頭中将と光源氏は、生涯並び立つライバルであり、親友でもある、という間柄でした。光源氏や頭中将が若い頃に雨の夜の宿直《とのい》で恋愛トークをする場面は「雨夜の品定め」と呼ばれる、有名な場面となります。

といっても、光源氏はまだまだ若いゆえ、基本は聞き役です。男性の先輩たちに「昔、こんな女がいて……」と彼女エピソードを説かれる側でした。

彼らは、女性を仏教用語である「上《かみ》の品《しな》・中《なか》の品・下《しも》の品」に分類します。このあたりが男の格付けトークって感じで本当にいやですねえ。仏教用語で極楽浄土に往生する人を上品《じょうぼん》・中品《ちゅうぼん》・下品《げぼん》と分けるのですが、「品」とは質のようなもののことです。今も「下品」と言いますが、**もとは平安時代からある古語で、身分や家柄を表す指標だったのです。**

しかしそのなかで、友人である頭中将が、言うのです。上流階級のお嬢はみんな大切に育てられてるから、欠点がなく、みんな同じように素晴らしい。でも、実は中流階級こそ面白い――「中の品になむ、人の心々おのがじしの立てたるおもむきも見えて、わかるべきことかたがた多かるべき（中流の家柄の女こそ、それぞれの女性の性格も違うし、個性もそれぞれあって、面白いもんですよ）」と。

なんでこんな辺鄙《へんぴ》なところにこんな教養のある素敵な女性が？　というギャップもいいもんですよ、と頭中将は自慢げに語ります。

頭中将は、光源氏にとって、友人でもあり、同世代のライバルのような存在です。ちなみに自分の妻（葵の上）の兄でもある。光源氏はプライドを刺激された。

「こいつそんな恋愛経験積んでるの!? 俺も積みたいのだが」

そう思った光源氏は、さっそく身分の低い空蟬という女性にアプローチをかけます。が、彼女にはさくっと逃げられてしまう。

次にやってきた、**夕顔の花を載せる扇を、和歌と共に贈ってくれた、教養ありげな女性。彼女の家は庶民の通りにあり、邸の雰囲気からしても明らかに、中流。**

源氏は思うのです。

「この人を、ちょっと、見てみたい！」と。

平安時代の恋は、マッチングアプリ？

光源氏の恋の相手との出会いは、このパターンが、非常に多い。
光源氏が女性と偶然出会う↓和歌を交わす↓光源氏「なんか良さげじゃん！」↓女性の容姿に関する評判を聞く↓光源氏「さらに良さげじゃん！」↓会う（寝る）
いささか露骨な書き方をしてしまいました。が、本当にこのパターンが多いのです。
しかし突然ですが、私は『源氏物語』を読んでいて、この光源氏恋愛パターンに遭遇するたび、最近こう思うようになりました。

「うーむ、現代のマッチングアプリのようだ」

２０２４年現在アラサーであるところの私の周囲には、最近、マッチングアプリで出会って付き合ったり結婚したりする友人がすごく増えました。そして友人たちの話を聞いていると、

（マッチングアプリのアルゴリズムにしたがって）示される写真やプロフィールから、気になる相手を（偶然）見つける→いいねやメッセージを送る→相手から返事が来る→男「なんか良さげじゃん！」→周囲の人からどんな人と思われているかなどのパーソナリティを聞く→お互い「なんか良さげじゃん！」→会う

似てませんか？　容姿を気にする手段が「伝聞」か「写真」かという違いはありますが、割と似たようなものじゃないですか⁉　そして決め手はメッセージ＝和歌のやりとり。似てるなあ、と私は勝手に思っています。

光源氏のマッチングアプリ体験記

マッチングアプリが流行するようになって、平安時代への疑問がひとつ解けました。「顔を見てなくても、『会いたい！』と思うことなんて、そりゃいっぱいあるわ」

そういえば、インターネットで文字だけのやりとりをした人と「会ってみたい！」と思うことなんて、男女、恋愛、友情問わずよく発生することです……。

というわけで、『源氏物語』を読んでいるとき、「顔も見てないのに恋するって、どういうこと？」と首を傾げてしまうかもしれませんが、よくよく考えると、現代もたいした違いはないのでした。

『源氏物語』が難しいと感じる方は、「光源氏のマッチングアプリ体験記」くらいに考えてみてください。

現代でもありますよね。マッチングアプリでデートした相手たちのことを紹介するSNSアカウント。あれの、セレブ貴族バージョンだと思ってもらえたら……平安時代に『源氏物語』がバズった理由も、わかるかもしれません。

今日のおさらい

光源氏の生涯のライバル・親友は、左大臣家の息子「頭中将」。

7日目

☆和歌を見ればキャラがわかる

読む帖：第4帖「夕顔」

紫式部は、和歌がうまい？

古典を読むうえで、ハードルの高い存在。

それは、「**和歌**」かもしれません。

平安時代の物語は、「歌物語」といって、和歌が挿入される場合がしばしばあります。

たとえば『伊勢物語』や『大和物語』もこれにあたりますね。

『源氏物語』の場合は、基本的に、「登場人物が詠んだ和歌」が登場します。

——ここが面白いところなのですが。ぶっちゃけ紫式部自身はそこまで上手な和歌の名手というわけではないのです。しかし、紫式部の才能は、

「その登場人物が詠んだっぽい和歌をつくること」

にある……！

つまり、和歌がうまそうな人は、うまいように詠んでいる。反対に、和歌が下手そうな人は、その人っぽい下手さで詠んでいる。

紫式部が登場人物に詠ませた和歌は、うまさの塩梅《あんばい》が、絶妙なのです！

控えめなのにナンパした――国文学者を惑わせた難問

たとえば、夕顔の和歌を見てみましょう。
光源氏に贈るため、夕顔が白い扇に綴った、和歌。それはこんなものでした。

「間違ってるかもしれませんが、あなたが聞きたいのは、これじゃないですか？
この花の名は、露が光っている――あなたに見られている、夕顔の花ですわ」

その和歌は、楚々とした雰囲気の筆跡で綴られていて、上品で、そして何より教養が透けて見えた。光源氏は「なんだか想像よりセンスのいい女性じゃないか」とときめいた。

心あてにそれかとぞ見る白露の
光そへたる夕顔の花
そこはかとなく書きまぎらはしたるも、あてはかにゆゑづきたれば、いと思ひのほかにをかしうおぼえたまふ。
（「夕顔」）

この和歌を気に入って、光源氏は「夕顔のことが気になる！　調べてくれ！」と従者に頼んだのです。

しかしこの和歌を、なぜ光源氏は気に入ったのでしょう？

その理由は――紫式部が忍ばせた、あるテクニックにあったのです。

実は夕顔の和歌の意味については、長い間議論が分かれていました。

そこに現れたのが、清水婦久子『光源氏と夕顔』（新典社新書、2008年）の研究です。それは先行研究をもとに、夕顔が「全然違うキャラクターとして読まれていた」可能性を示すものでした。

というのも、平安時代の価値観では、女性から歌を贈るというのが、かなり珍しい出来事でした。当時、女性から歌を贈るのは、とても大胆、強気な女性しかできないこと。

そして夕顔の和歌も、「心あてにそれかとぞ見る白露の光そへたる夕顔の花」の意味を「勝手な憶測ではありますが、あなたは光源氏さんですよね？　露に光る夕顔の花と同じくらい、あなたの夕顔の顔は光ってますすわ」と解釈する説も広く支持されていました。

つまり、夕顔という女性キャラクターは、光源氏が自分の家の前を通りがかったところを見かけ、自ら「あなた、イケメンで評判の光源氏さんですよねっ！」とナンパしにいった……と解釈されていたのです。

そんなことある？　と苦笑してしまう解釈ですが。恐ろしいことに、この解釈は古くから現代まで有力な説であり続けました。江戸時代の国学者、本居宣長《もとおりのりなが》という権威がこの解釈を支持していたのもきっと影響しているでしょう。

『古今和歌集』で通じ合う教養センス

しかし前述した最近の研究によって、夕顔の歌の解釈は変わりました。

この和歌を解くカギは、光源氏の発言にあったのです。

邸を通りがかったとき、はじめて見る白い花の名前がわからないまま、光源氏はこう呟きます。

「遠方人《をちかたびと》にもの申す」

これはどういう意味なのでしょう。

実は平安時代前期の歌集『古今和歌集』に、こんな歌が載っています。

そちらの遠くにおられる方に、お聞きします。そちらで、白く咲いているのは何の花なのでしょう？

うちわたす遠方人にもの申す我そのそこに白く咲けるはなにの花ぞも
（『古今和歌集』雑体、一〇〇七、よみ人知らず）

ちなみにこの歌は「旋頭歌《せどうか》」というジャンルで、五七七・五七七というリズムになっています。こういう和歌も昔はあったのですね。

さて、この歌の意味。光源氏がなぜこの歌の一節を引用したのか。答えは単純です。**名前のわからない白い花を見て、「白い花の名を教えてください」という和歌が頭によぎったからです。**

そして、夕顔はおそらくこの光源氏のつぶやきを聞いていた。わざわざ紫式部が「ささやかな小さい邸」と書いているのは、きっと夕顔が光源氏の発言を聞けるくらい、外と内が近い小さな家であることを示したかったからでしょう。

さらに夕顔は、『古今和歌集』のあの歌の一節だ、と理解した。

だからこそ、「花の名前を伝える返歌を贈らなきゃな」と思ったのでしょう。彼女は自分を「遠方人」にみなして、和歌を扇に綴ったのです。

心あてにそれかとぞ見る白露の光そへたる夕顔の花

実は夕顔は、自分の歌に、『古今和歌集』を忍ばせています。高度!

間違ってるかもしれないけれど、花を折りたいなら、どれでもいいから折ってみようか。
庭に真っ白な初霜が下りてきているなかで、霜との見分けがつかなくなっている、この白菊の花たちのなかで……。

心あてに折らばや折らむ初霜の置き惑はせる白菊の花
(『古今和歌集』秋下、二七七、凡河内躬恒《おおしこうちのみつね》)

そう、光源氏が夕顔の花を折ったから。『古今和歌集』の、花を折る和歌の一節「心あてに」を引用したのです。

キャラクターを描き分けるための道具=「和歌」

光源氏からすれば、自分の『古今和歌集』引用もわかってもらえたうえに、まさか返事も和歌で、しかも同じ『古今和歌集』引用でやってくるとは思わなかったでしょう。そりゃ

「このセンスのいい女性、誰!?」となるはずです。

この一瞬のやりとりで、お互い「あの和歌だ！」とピンとくるなんて、昔の人って本当に記憶力がいいんだなとしみじみ思いますね……。『古今和歌集』だけで一一一一首の和歌が収録されているんですよ！

いやはや、この夕顔のエピソードを知ったときは「**なんておしゃれな恋の始まりなんだ！**」と私なんかはうっとりしてしまいました。和歌って、こういうちょっとしたセンスの良さを表現するのにぴったりなんです。

しかも、和歌はお金がかからない！

『源氏物語』は身分の低いヒロインもたくさん登場しますが、衣装や香りによってセンスの良さを見せつけるのは、お金がかかります。身分の低いヒロインでは無理です。容姿も、「美人だ」という以外描き分けづらい。

しかし和歌は、どういう和歌を詠んだか描き切ることで、そのキャラクターがどういう女性なのか、読者も光源氏も理解できるのです。**そして和歌はお金がかからないので、素敵な和歌を使えば、身分が低くてもセンスの良い女性を描くことができる。**

紫式部がキャラクターの描き分け手段として「和歌」に力を入れた理由は、ここにあるのではないかと私は妄想しています。

紫式部の筆もノリノリ、物の怪登場

そんなわけで、ささやかな『古今和歌集』引用のやりとりによって、ふたりは出会いました。

実は夕顔は、以前、頭中将が話していた「中流の恋人」そのひとであったことが明らかになります。頭中将が「素敵な中流の恋人と付き合っていたのだが、突然いなくなってしまった」と述べていた、失踪した元恋人だったのです。

しかし夕顔は……ある晩、光源氏に呼ばれて向かった暗い廃院で、物の怪に襲われ、亡くなってしまうのでした。

急展開すぎる。しかし本当にこの、夕顔と光源氏が美しい女性の物の怪に襲われている描写は、「紫式部も書いてて楽しそうだな！」と思うくらい筆が乗っていて、とても面白いです。機会があればぜひ現代語訳を読んでみてほしい。ここでは一部だけ紹介します。

夜更け、眠っている光源氏の枕元に、とても美しい女が座っていた。

「私はこんなにあなたを想っているのに、会いにも来ないで、こんな普通の女を大切にしているの……？　信じられない！」

と叫んだ彼女は、源氏の横にいる夕顔を起こそうとする。

——という夢を見た光源氏は、何かに襲われる気がして、飛び起きた。ろうそくは消えていて、何も見えない。

光源氏はぞっとして、刀を抜き、そばに置いた。そして夕顔の乳母である右近を起こした。

右近も「なんだか怖い」と近くに寄ってきた。

（中略）

光源氏が部屋に帰ってきて、真っ暗な中で探ると、右近も夕顔も倒れていた。

「ふたりともどうしたんだ、そんなに怖がらなくていいよ！　こういう荒廃した場所では狐なんかが出て、それが気味悪いだけだ！　怖くなんかない！」

そう叫んで光源氏は右近をゆさぶった。右近は、

「ああ……なんだか気分が悪くて、伏せってました……いや、私よりお嬢様こそ、怖がっていませんか……」

とうめきつつ起きたので、光源氏は「そうだ、怖がる必要なんてないんだ」と夕顔のほうに近づいた。

すると、夕顔は息をしていない。

何度も揺さぶったが、ぐったりしたまま、我に返ることはなかった。

彼女はどこか幼さのある女性だったので、物の怪に魂を奪われてしまったのかもし

れない……。どうしようもなかったのだ。

宵過ぐるほど、すこし寝入りたまへるに、御枕上《まくらがみ》に、いとをかしげなる女ゐて、「己がいとめでたしと見たてまつるをば、尋ね思ほさで、かくことなることなき人を率《ゐ》ておはして時めかしたまふこそ、いとめざましくつらけれ」とて、この御かたはらの人をかき起こさむとすと見たまふ。ものにおそはるるここちしておどろきたまへれば、火も消えにけり。うたておぼさるれば、太刀を引き抜きてうち置きたまひて、右近《うこん》を起こしたまふ。これも恐ろしと思ひたるさまにて、参り寄れり。（中略）

帰り入りて探りたまへば、女君はさながら臥して、右近はかたはらにうつぶし臥したり。「こはなぞ。あなもの狂ほしの物懼《ものぢ》や。荒れたる所は、狐などやうのものの、人おびやかさむとて、け恐ろしう思はするならむ。まろあれば、さやうのものにはおどされじ」とて、引き起こしたまふ。「いとうたて、みだりごこちのあしうはべれば、うつぶし臥してはべるや。御前にこそわりなくおぼさるらめ」と言へば、「そよ。などかうは」とて、かい探りたまふに、息もせず。引き動かしたまへど、なよなよとして、われにもあらぬさまなれば、いといたく若びたる人にて、ものにけどられぬるなめり、と、せむかたなきここちしたまふ。

（「夕顔」）

たまに、夕顔を襲った物の怪が、六条御息所の生霊だという人がいるのですが、それはあくまで室町時代以降に登場した一説です。この時点では「物の怪」としか描かれていないのですね。

とはいえ、女性が「なんでこんな女といるんだ」という夢から始まっている話なので、六条御息所のイメージがあった可能性は充分ありますけどね。六条御息所ではないにせよ、光源氏のことを想う女性の嫉妬心が生んだ物の怪、という印象が生まれるように、紫式部も描いていたのではないでしょうか。

ちなみにこの廃院は、実際に存在していた「河原院《かわらのいん》」がモデルだと言われています。光源氏のモデルの一人と言われ臣籍降下した左大臣・源融《とおる》という人の別院(別荘)で、彼の死後、『源氏物語』が書かれた頃には荒廃しており、亡霊が出ると噂されたとのこと。当時、荒廃した邸には物の怪や幽霊が出る、というイメージはわりとメジャーなものだったのかもしれません。

和歌は、夕顔の誤解を解いた

夕顔は、長い『源氏物語』読解の歴史のなかで、「内気な女性として描かれているのに、光源氏との出会いは大胆」という解釈によって、さまざまな言われ方をしてきました。

実は中から男性をナンパする機会を窺うセクシーな女性だったんだとか、おとなしそうに見えるけどうらぶれた町の遊女を思わせる、とか。大真面目にそんな説が登場していたんですね。

しかし、和歌が理解できれば、『源氏物語』のキャラクターのことが、もっとよくわかる。和歌を読めばわかる。夕顔はその教養によって偶然光源氏と出会うことになったけれど、それ故に結局光源氏にまつわる女の怨念に負けて、亡くなってしまうヒロインとして紫式部は描いたのだ、と。悲しい物語ですけれど。

『源氏物語』って、意外と全編通して、悲しい話なんですよ。本当に。紫式部の描く、女性の人生のままならなさが通奏低音として響くから、こんなに傑作になったのだ、と私は思っています。

今日のおさらい

身分の低い女性「夕顔」は、物の怪に憑かれて死んでしまった。

8日目

☆紫式部の筆力が冴える描写

読む帖：第7帖「紅葉賀」、第8帖「花宴」、第10帖「賢木」

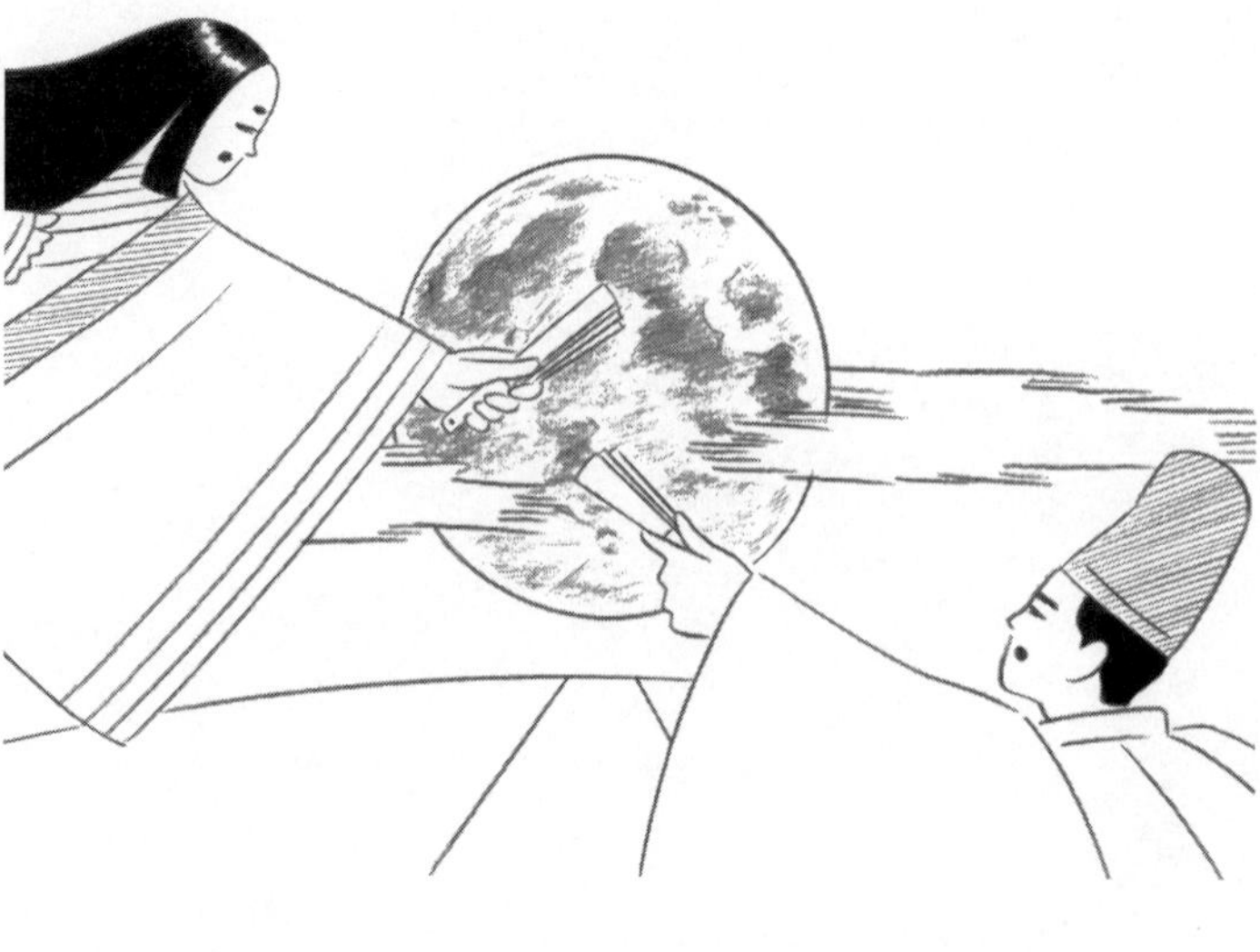

弘徽殿女御の大激怒

光源氏の敵である「右大臣」家の弘徽殿女御。彼女は、桐壺帝の妻であり身分も高い女性なのですが、身分が低くて寵愛を受けていた光源氏の母・桐壺更衣をいじめていました。そして生まれた光源氏のことも、「次期天皇争い」のライバルだと敵視。

そんな弘徽殿女御にとって、もうひとつ逆鱗《げきりん》に触れる出来事がありました。

それは、桐壺帝の新しい妻・藤壺が、自分より先に身分が高くなってしまったこと。

事の起こりは、第7帖「紅葉賀」。

藤壺は息子を産みます。――実は光源氏と藤壺の子どもですが、表向きはもちろん桐壺帝と藤壺の子どもです。

ちなみに桐壺帝は、光源氏と瓜二つの子どもを見て「光源氏と似てるなあ、美しい人は似るものだなあ」というのんきな感想をかましています。そりゃ似てますよ、と読者はツッコミを入れたくなってしまう。

そして光源氏とよく似たこの子を桐壺帝は気に入り、「次の東宮にしたい」と強く願うようになるのです。

――しかし、右大臣一派（弘徽殿女御の家）の勢力が強すぎる。

もちろん藤壺は身分の高い女性ですが、藤壺の家は皇族であり、政治的に強いわけではありません。右大臣家に勝てるほどの力はない。

「右大臣一派に、藤壺の息子が潰されないようにするには、どうしたら？」

そう考えた桐壺帝は、藤壺の身分を高くすることを、決めるのです。

藤壺よりも、弘徽殿女御のほうが、先に入内していたのに。桐壺帝は、またしても（今度は息子への）愛情ゆえ、藤壺を先に「中宮」というクラスにしてしまいます。**女性のなかでもっとも地位の高い「中宮」身分は、「女御」よりも上。**弘徽殿女御は激怒するのでした。

もちろん、弘徽殿女御よりも藤壺の権威を高めることは、右大臣一派の勢力を少し削《そ》ぐという意図もありました。摂関政治とは「皇族」よりも「大臣」たちの権力のほうが政治的に強いことを意味します。が、桐壺帝としては、「皇族」の地位も、とりあえず上げておきたかったのでしょう。

だからこそ皇族出身の藤壺の身分を、右大臣家の弘徽殿女御より上げておいた。

――と、こうして解説が必要なくらい、紫式部の頭の中に、完全に政治マップができあがっていたのが凄《すご》すぎる。そう思いませんか？

強気なお嬢・朧月夜との出会い

第7帖「紅葉賀」の帖で、光源氏は頭中将と美しい舞を披露します。「青海波《せいがいは》」という舞でした。

続く第8帖「花宴」の帖でも、桜をみる花見の宴が開催され、それぞれ詩文をつくる遊びや、舞を楽しんでいました。ここでも光源氏はみんなの称賛の的で、目立つもの。そんな光源氏を見て、弘徽殿女御は憎悪を募らせるのでした。

その夜、光源氏は、**朧月夜《おぼろづきよ》――弘徽殿女御の妹と偶然出会います。**

宴会が終わった午前3時過ぎ、酔っぱらった光源氏は、藤壺に会いたくてふらふらと歩いていました。が、藤壺のまわりは警備がしっかりしているので会えません(そらそうだ)。すると向かいの弘徽殿女御の邸に、不用心にも開いている部屋があるじゃないですか。開けてみると、廊下から、女性の声が聴こえてきたのです。

とても若く美しい声だった。身分の高そうな女性が、

「朧月夜に似るものぞなき」

と和歌の一節を口ずさんでいた。

こちらへ近づいてくる。光源氏は嬉しくなって、袖をとらえ、抱きすくめた。彼女は怖がっている様子で「キモっ、誰!?」と呟く。光源氏は「怖がることはありません」と囁《ささや》き、和歌を詠んだ。

「春の夜の朧月夜は美しいですね……こんな夜に出会えるなんて、きっとおぼろげではない、深いご縁があるからですよ」


そして静かに抱きあげて部屋の中に下ろし、戸を閉めた。

突然の出来事すぎて、彼女は呆然とした。光源氏にはそんな様子も可愛く思える。

彼女は震えながら「人を呼ぶわっ」と言うと、光源氏は囁く。

「私は何をしても誰にも怒られない身分だから、人を呼んでも無駄です、お静かに」

その声で「あ、この人、光源氏だ!」とぴんときて、彼女は少しだけほっとした。なんせ宮中で評判の「光源氏」といえば、当代随一の美貌と身分で有名だ。とにかく身分と顔の保証された男でよかった、と内心思った。

ああでも、そうはいっても、いきなりすぎて心の準備ができていない。でも、断ってどんくさい女って思われても嫌だ、どう振る舞えばいいんだよ――彼女は逡巡《しゅんじゅん》していたが、その晩の光源氏はかなり酔っていて強引だった。さらに彼女もまだ若く、されるがままだった。
ふたりは一夜を共にしたのだった。

いと若うをかしげなる声の、なべての人とは聞こえぬ、「朧月夜に似るものぞなき」と、うち誦《ず》じて、こなたざまには来るものか。いとうれしくて、ふと袖をとらへたまふ。女、恐ろしと思へるけしきにて、「あな、むくつけ。こは、誰《た》そ」とのたまへど、「何かうとましき」とて、

深き夜のあはれを知るも入る月の
おぼろけならぬ契りとぞ思ふ

とて、やをら抱きおろして、戸は押し立てつ。あさましきにあきれたるさま、いとなつかしうをかしげなり。わななくわななく「ここに、人」と、のたまへど、「まろは、皆人にゆるされたれば、召し寄せたりとも、なんでふことかあらむ。ただ忍びてこそ」とのたまふ声に、この君なりけりと聞き定めて、いささかなぐさめけり。わびしと思へるものから、なさけなくこはごはしうは見えじ、と思へり。酔ひごこちや例ならざりけむ、ゆるさむことはくちをしきに、女も若うたをやぎて、強き心も知らぬなるべし。

（「花宴」）

よく絵画にもなっている、有名な場面です。**春の夜、朧月夜、そして偶然出会う男女、と絵になる要素がそろっていますよね。**

にしても、光源氏は、紅葉の宴でも桜の宴でも世間の評判になった、時の人。お酒に酔っぱらっているとはいえ、調子に乗りすぎでは？　まだ（正式な）子どももおらず、恋愛ばかりしている20歳前後の男子とはいえ、「私のことは誰も何も怒らないんですよ」と女性を口説くのは、現代の感覚からすると冷ややかな目で見てしまいますよね……。

しかし私は朧月夜のエピソード、すっごく好きなんですよね。なぜかといえば、これから紹介する続きのエピソードで、朧月夜がわりと強気でいてくれるから。

もちろん彼女もまだ若く、入内前のお姫様ではあるので、受動的なところもあるのですが。しかし基本的には強気を保つキャラクターとして描かれています。

そもそも当時の価値観からすれば、いくら春の夜で月が見えているからって、夜中にひとりで和歌を諳《そら》んじているあたりもかなり変わった姫様。

ちなみに彼女が詠んでいた歌は、大江千里《おおえのちさと》の「照りもせず曇りもはてぬ春の夜の朧月夜にしくものぞなき（曇っているでも照っているでもない、春の夜の朧月夜ほど美しいものはないでしょう）（『新古今和歌集』巻一、春上）の一節をもじったもの。

彼女の「朧月夜に似るものぞなき」、つまり「朧月夜と同じものなんて、この世にひとつとないわ」という言葉は、「誰かの代わりに惚れられる」ことの多い女性たちの『源氏

物語』の主題を示しているかのよう。

「月」によって再会するふたり

さて朧月夜は光源氏だと気づいたものの、光源氏に「名前は？」と問われても、「自分で探してみろ、バーカ」という歌を返します。その日は扇だけ交換し、ふたりの逢瀬《おうせ》は終わるのです。

＝うき身世にやがて消えなば尋ねても草の原をば問はじとや思ふ

＝私が悲しくて消えてしまったら、私の名前を、墓地まで来てがんばって探してね！

そしてふたりが再会したのは、右大臣家がひらいた、藤花《とうか》の宴。もう、このあたりの『源氏物語』は本当に華やか！　桜や紅葉や藤花の宴の描写は、文字で読んでいても眼福です。右大臣家の権力を示すための宴会でしたが、光源氏は1か月前に会った朧月夜探しにやってきます。

（右大臣家の邸では）薫物《たきもの》の香が煙たいほどに焚かれている。衣擦《きぬず》れの音も大きく華やかで、ミーハーな贅沢感を好む家らしい。

高貴な令嬢たちがこのあたりにいると聞いた光源氏は、いけないことだとわかりつつ「こないだの朧月夜の君がここにいるのでは？」と内心興奮していた。そこで光源氏は、ある作戦に出た。

「先日、扇を取られちゃいましたよ」

と光源氏が言いつつ冗談まじりに寄りかかったとき、

「あら、大変でしたね」

と不思議そうに返すのは、その女性が朧月夜の君ではない証だ。

光源氏は、几帳越しに並ぶ彼女たちに、ひとりずつ言ってまわった。

すると、ひとりだけ、「ふう……」とため息をつく女性がいた。はっと気づいた光源氏は、そのため息の声のするほうに向かった。

やっと見つけた。――光源氏は、彼女の手をがしっと几帳越しに摑《つか》み、歌を詠んだ。

「あの日月影に見えたあなたにどうしても会いたくて、私はまだ迷子のままです。なぜなのでしょう」

朧月夜はがまんできず、歌を返してしまった。

「本当に好きなら、月明かりがなくたって、迷わないはず」

その声は、あの夜聴いた声だった。

光源氏は嬉しくなりながら……「右大臣家の姫だったのか」とも、思っていた。

そらだきもの、いとけぶたうくゆりて、衣《きぬ》の音なひ、いとはなやかにふるまひなして、心にくく奥まりたるけはひはたちおくれ、今めかしきことを好みたるわたりにて、やむごとなき御方々もの見たまふとて、この戸口は占めたまへるなるべし。さしもあるまじきことなれど、さすがにをかしう思ほされて、いづれならむと、胸うちつぶれて、「扇を取られて、からきめを見る」と、うちおほどけたる声に言ひなして、寄りゐたまへり。「あやしくも、さまかへける高麗人《こまうど》かな」と答《いら》ふるは、心知らぬにやあらむ。答へはせで、ただ時々、うち嘆くけはひする方に寄りかかりて、几帳ごしに手をとらへて、

「あづさ弓いるさの山にまどふかな
ほの見し月のかげや見ゆると
何ゆゑか」

と、おしあてにのたまふを、え忍ばぬなるべし、

心いるかたならませばゆみはりの

月なき空にまよはましやは

と言ふ声、ただそれなり。いとうれしきものから。

（「花宴」）

私が『源氏物語』名シーンナンバー1を挙げるとしたら、もしかしたら「花宴」ラストのここかもしれない！　と思うほど、名シーンだと心底思っている場面です……。美し過ぎませんか？　この場面で「花宴」の巻が終わるのもまた美しい。

朧月夜との出会いは、そもそも桜の宴会の日、朧月夜の声を偶然聴いたことだった。そして1か月後、藤花の宴会の日、またしても朧月夜の声を聴くことによってふたりは再会を果たすのです。

さらに朧月夜のエピソードは、ずっと「月」がキーワードになっている。朧げな月夜の晩、見えないままでふたりは出会い、素性がわからなくて、そして再会したとき「月」をキーワードに歌を交わす。考えれば、ふたりが交換した「扇」もまた、月のように、半円の形を変えるモチーフなのです。

な、なんて美しいんだっ、と震えてしまいますね……。

光源氏政治人生最大の危機

そして**朧月夜と光源氏は「お互いの素性がわからないまま出会った」**ことが重要だったのです。

なぜかといえば、朧月夜の姉は、弘徽殿女御。彼女は朧月夜を東宮（弘徽殿女御の息子で、次期天皇候補）の妻として入内させようとしていました。つまり、次期天皇も次期天皇の妻も自分の身内にすることで、摂関政治最強の体制をつくり上げようとしていた。

しかし朧月夜は、うっかり光源氏と恋に落ちてしまいます。

朧月夜はこの後も光源氏との逢瀬を続けます。さすがに光源氏と通じている女性を、華々しく天皇の正妻にするわけにはいかない。結局、朧月夜は尚侍《ないしのかみ》という女官として、天皇のお世話係になることが決まります。

それでうまく収まるかと思いきや……**そんな朧月夜に、天皇になった弘徽殿女御の息子・朱雀帝は、恋をしてしまいます。**朱雀帝は朧月夜を、彼女の立場に反して、寵愛するのです。どっかで聞いた話ですね。そう、桐壺帝と桐壺更衣の関係のようです。

しかし朧月夜は、天皇の寵愛を受けながらも、光源氏との逢瀬を続けていた。

第10帖の「賢木《さかき》」で、**光源氏と一夜を共にしているところに、朧月夜のパパである右大臣が乗り込んできます。**

「こういうこと、1回じゃないだろう！」

激怒した弘徽殿女御は、「光源氏は謀反人だ」という噂を流すのです。

いちおう朧月夜は天皇の妻ではなく女官という立場なので、公的には罪ではない。が、「好色なうえに、謀反人だった」という噂の流れた光源氏は、官位を剝奪されてしまう……。

そのときには光源氏の父である桐壺帝も亡くなり、藤壺も出家し、光源氏を守ってくれる存在はいなくなってしまった。

結果、『源氏物語』のなかでも有名な、須磨（明石）に光源氏は渡ることになります。ほとんど隠居ですから、もう政治人生は終わったようなものです。

とってもドラマチックで、フィクションならではの数奇な運命だなあ、と思いますが。実際の歴史でも、醍醐天皇の息子である源 高明《みなもとのたかあきら》が官位を剝奪され大宰府に流された「安和《あんな》の変」があったので、ないことではない、らしいです。紫式部は「安和の変」をモデルにしたのでは？　ともいわれています。

始めたのは、朧月夜だった

しかしこの一連の話の中で面白いのが、朧月夜と光源氏を再会させたのは、ほかでもない右大臣家（弘徽殿女御の家）の宴会だったことですよね。

右大臣家が、自分の家の趨勢を示すために、藤花の宴をひらいた。そしてそこで、光源氏は朧月夜を見つけ出してしまう。

考えてみれば朧月夜も、和歌を返さず、光源氏との関係を、一夜の過ちにするだけで終わらせても良かったんですよ。

彼女も自分の立場は「これから東宮に入内する予定だ」とわかっているから、政治的に敵対する家の光源氏と恋愛するなんて、まずい、とわかっていたはずなんですよね。だからこそ初対面の逢瀬でも、あんなに受動的だった。

だけど、2度目に光源氏の声を聴いたとき、思わずため息をついてしまう。

ひとりひとり女性に「扇を取られちゃって」と言ってまわっている声が聴こえたとき、ふう、とため息をつく。返事はしないけれど、気づいてほしいのか、ほしくないのかわからないくらいのため息。そして案の定気づいた光源氏が、歌を詠んでくる。

私は紫式部が綴った「え忍ばぬなるべし（がまんできなかったのだろう）」という一文がすごいなあと思うのですが、まさにがまんできずに返歌を詠んでしまうんですよね。

ここで決定的にふたりの恋が始まってしまう。**つまり最終的に、朧月夜が恋愛を始めてるんですよ！**

最初は酔っぱらった光源氏の強引な恋愛から始まったけれど。名前を教えずに、一カ月経って。そのあと、光源氏に対して、返事をしたのは、朧月夜の意志だった。絶対に恋愛を始めない選択肢もあったはずなのに、自分から返事をしてしまった。

このあたりの機微が、ドラマチックで、そして紫式部の描く恋愛描写の凄さだなあ……と心底思うのです。

だってこれ『ロミオとジュリエット』誕生より600年くらい前ですよ！　シェイクスピアよりもずっと前に、「敵対する家柄の男女の恋が始まる瞬間」をこんなドラマチックに描ける作家が他にいるでしょうか……。

月夜に、お互いが見えないまま始まった恋愛が、結果的に光源氏の人生でもっともつらい運命をつくりだしてしまう。そしてその引き金をひいたのは、女性側――朧月夜のほうだった。

紫式部の筆力ここに極まれり、というエピソードでしょう。

今日のおさらい

「右大臣」家は、光源氏を敵視。しかし「右大臣」家の娘である朧月夜と光源氏の恋は始まってしまう。

9日目

☆貴族社会のうわさ拡大速度はSNS並み

読む帖：第9帖「葵」

なぜ葵の上は光源氏と結婚したのか？

『源氏物語』の魅力のひとつは、「紫式部の頭の中にはひとつの時代ができあがっているのか？」と思うほど緻密な政治設計である、ということは前章で書きました。

そして朧月夜の件を挙げるまでもなく、光源氏の周囲の女性たちもまた、政治に振り回されていたのです。

たとえば、なぜ葵の上が光源氏と結婚することになったのか。

葵の上の父は左大臣。右大臣は、東宮つまり次の天皇(弘徽殿女御の息子、のちの朱雀帝)が孫にいます。だとすれば、今の天皇(桐壺帝)がいなくなれば、次の天皇家の中心は右大臣になることでしょう。当時、左大臣は桐壺帝の腹心の部下として働いていた。そのため娘の葵の上を、桐壺帝の妻として入内させることもできたはず。当時は天皇の妻になり、天皇の子どもを産むことが、ナンバー1出世コース＋その家の繁栄を約束するコースでしたから。

しかし左大臣は娘を、桐壺帝ではなく、桐壺帝の息子——しかも親王ではなく臣籍降下した、光源氏の妻にしました。

なぜか？　ここには、政治情勢が絡んでいます。

左大臣の政敵といえば、東宮を孫に持つ右大臣。朧月夜のパパです。当時、右大臣一派は、時代の趨勢に乗っていた。おそらくそう遠くない未来、桐壺帝が亡くなった後の政局は、右大臣が中心になることが想像できます。

そこで左大臣は、**桐壺帝亡き後、どうやって右大臣家に対抗できるか？**　を考えたのです。目をつけたのが、**桐壺帝亡き後も人気と政治力がありそうな、光源氏。**

葵の上を光源氏の妻にすることで、左大臣は、右大臣家VS.左大臣家の勢力バランスを取ろうと考えたのです。

ちなみに桐壺帝からしても、自分亡き後頼れる存在がいなそうな息子・光源氏にとって、左大臣家を味方につけておけば安心ですよね。

光源氏と葵の上の結婚は、皇族、左大臣家、双方ウィン・ウィンの政略結婚だったのです。

一度も和歌を交わさないヒロイン

が、悲劇だったのは、政治的には双方ウィン・ウィンであった光源氏と葵の上の結婚が……**夫婦の関係において、まったくうまくいかなかったこと。**

当時、藤壺にベタ惚れしていた光源氏の目に、葵の上は全然面白くない女性としてうつっていました。他にも空蟬や夕顔や末摘花、そして朧月夜などさまざまな女性との恋愛を重ねていきます。しかし、自分が公に結婚している女性――葵の上とはどうにもうまくいかない。

紫式部が、いかに光源氏と葵の上の心が通い合っていなかったか、冷めた夫婦仲だったのか、をどのように描いたのか。それは「和歌」でした。なんと葵の上だけは、一度も光源氏と和歌のやりとりがないのです！　正式に結婚しているというのに。

『源氏物語』のヒロインたちのなかで、光源氏と関係がありながら、歌を詠んでいないのは実は葵の上だけ。

和歌が「ここぞというときに自分の心情を伝える手段」だとすると、紫式部は、光源氏と葵の上の間に、一度もその機会をつくらなかったのですね。

しかし物語上、葵の上が一度だけ和歌を詠むシーンがあります。それは――葵の上の歌ではないのです。なんと、葵の上に取り憑いた六条御息所が詠んだ歌だった。これがかの有名な「六条御息所の生霊が、葵の上に取り憑いた」名場面です。

さて、この場面に至る経緯を読んでみましょう。

「女の恨みは、買っちゃいけない」

桐壺帝は譲位し、世は朱雀帝（右大臣の孫、弘徽殿女御の息子）の時代に。

譲位してからというもの、桐壺院と藤壺は仲良く夫婦として暮らし、平穏な日々が続いていました。折しも六条御息所の娘が、斎宮（伊勢神宮に仕える未婚の皇女）になることが決定。光源氏があまり自分のもとへ通ってきてくれないことに悩む六条御息所は、「もうこのまま娘についていって、伊勢へでも引っ越そうかしら」と周りにぼやいていた。

六条御息所はもともと当時の東宮（桐壺院の弟）の妻だったのですが、夫がはやくに亡くなってしまい、ひとりになっていたのです。つまり六条御息所にとって光源氏は義理の甥でした。

桐壺院は「六条御息所が光源氏との関係に悩んでいる」という噂を聞きつけ、さすがにそれはだめだろうと光源氏に説教した。

「六条御息所のお方は、私の弟が心から愛していた方だ。そんな方をおまえが適当に扱っているなんて、父さんは本当に悲しい。六条御息所の娘の斎宮の方も、私は実の娘のように思っている。六条御息所のお方を大切にしてくれ。じゃないと世間が何と言うか」

そりゃそうだ、と光源氏は耳が痛い。

「相手のプライドを大切に、公平に。女性の恨みは買っちゃいけない」

そう説かれた光源氏は「ああ……こういう話のなかで、万が一私が本当に好きなのは藤壺さまですーなんてバレたらどうなることやら」と、そそくさと退散した。

たしかにあの六条御息所と恋人同士になりながら、それでいて浮気しているなんて、自分にとっても六条御息所の方にとっても、マイナスの噂でしかない。とはいえ、六条御息所以外の女性も好きだしなぁ……。

こんなふうに光源氏が悶々とする原因は、実は六条御息所側にもあった。なぜならもともと六条御息所は「私は年上すぎる、光の君と私が並んでもどうせお似合いの恋人になんてなれないんだし……」と光源氏と距離を詰めすぎないことを意識していたのだ。そのため光源氏も「まあ彼女はなんとなく距離詰められたくなさそうだし、軽い感じのままでいいのかな?」と内心思っていた。

しかし桐壺院の耳に届くくらい、光源氏と六条御息所の間柄は周知の事実になった今。

六条御息所は「なんでこんな軽く扱われてるの、私?」と嘆いていた。


院にも、かかることなむときこしめして、「故宮《こみや》のいとやむごとなくおぼし時めかしたまひしものを、軽々しうおしなべたるさまにもてなすなるが、いとほしきこと。斎宮をも、この御子たちの列《つら》になむ思へば、いづかたにつけても、おろかならざらむこそよからめ。心のすさびにまかせて、かくすきわざするは、いと世のもどき負ひぬ

べきことなり」など、御けしきあしければ、わが御ここちにも、げにと思ひ知らるれば、かしこまりてさぶらひたまふ。

「人のため、はぢがましきことなく、いづれをもなだらかにもてなして、女の怨みな負ひそ」とのたまはするにも、けしからぬ心のおほけなさをきこしめしつけたらむ時と、恐ろしければ、かしこまりてまかでたまひぬ。

またかく院にもきこしめしのたまはするに、人の御名も、わがためも、すきがましういとほしきに、いとどやむごとなく、心苦しき筋には思ひきこえたまへど、まだあらはれては、わざともてなしきこえたまはず。女も、似げなき御年のほどをはづかしうおぼして、心とけたまはぬけしきなれば、それにつつみたるさまにもてなして、院にきこしめし入れ、世の中の人も知らぬなくなりにたるを、深うしもあらぬ御心のほどを、いみじうおぼし嘆きけり。

（「葵」）

六条御息所は自分のプライドと、世間の噂と、光源氏への恋心の間で揺れていた。しかしそんな葛藤が彼女の心の内であることを、光源氏はまったくわかっていなかったのです。

そのうち、光源氏の妻である葵の上の妊娠が発覚します。六条御息所との噂ももちろん知っていた葵の上は「ほんとに、どうしようもない夫だ」と内心げんなりしながら、つわりに悩まされていたのです。

しかしこの「**女の怨みな負ひそ**（**女の恨みは買ってはいけない**）」という桐壺院の言葉。これから起こる出来事の、伏線となってるんですね……。

六条御息所の生霊な日々

春に上賀茂神社・下鴨神社で開催される賀茂祭（現・葵祭）で、新しい斎院（賀茂神社に仕える未婚の皇女）が禊《みそぎ》に行く行列をみんな見に来ていたところ、ある有名な事件が起こります。それは通称「**車争い**」といわれるエピソード。

懐妊中の葵の上は、牛車《ぎっしゃ》に乗って行列を見物にやってきました。光源氏も禊の行列に加わっていたので、夫の晴れ舞台を見にきた。

一方その場には、光源氏をひっそり見たいと思っていた六条御息所もいました。彼女は世間で「あの人、光源氏を見に来たのかしら」などと言われないために、わざと粗末な牛車で、世間にばれないようにしていた。しかしその配慮が、悲劇を起こすことになります。

葵の上の牛車と、六条御息所の牛車は、バッティングしてしまう（そりゃ同じ人を見に場所を取るんだからそうなりますよね）。**葵の上の従者たちは、身分の低い女性のものだと思い**

込み、六条御息所の牛車を押しのけ、もみくちゃになります。結果、六条御息所の牛車は壊れてしまう。

そこに、いつもよりずっと美しく着飾り、馬に乗った光源氏のいる行列が通ります。かれらは葵の上の牛車には敬意を表しつつ通るけれど、六条御息所の牛車には目もくれない。

六条御息所は「**ああ、自分は葵の上より大切にされない、日陰者なのか……**」ということをひしひし感じてしまうのです。つらい！

その日以来、六条御息所のストレスは、どんどん増幅していきました。もう娘について伊勢に行こうかと思っても、「いま伊勢に行ったら、世間が光源氏に振られたんだと笑うんじゃないか」と悩み。葵の上が物の怪に取り憑かれ苦しんでいるという噂が世間に広まれば、「なんでみんな葵の上のことは心配してくれるんだろう？」と嫉妬し。

しかしそんな六条御息所の苦悩を光源氏はわからないまま「あー、ほんと美人で教養もあるし申し分ない人なのに、彼女から手紙をもらっても、いまひとつテンションが上がらないんだよなあ……」とぼんやり距離を置くばかり。

ある日、六条御息所は気づきます。「もしかして、葵の上に取り憑いているのは、自分の生霊なのではないか？」と。

六条御息所は気づいていた。

「私は、自分の不幸は嘆いていても、他人に不幸になれと思ったことなんてない！……だけど、人はあまりに苦しむと体から魂が抜ける、と聞いたことがある。もしかして、抜け出た魂が葵の上を苦しめている……？」

これまでも悩むことはあったけど、光源氏と出会って以来、こんなに苦しむことはないというくらい私は苦しんでいた。そして賀茂祭の行列で無視され、蔑《ないがし》ろにされたあの日！　あれ以来、魂が自分の体を離れ、暴走するような感覚が抑えきれなくなった。

実をいうと最近、ちょっと昼寝すると、変な夢を見る。自分が美しい姫君のような方がいるところにいて、普段では考えられないような暴力的な姿になるのだ。そこで私は、部屋を掻き乱し、暴れまわり、そして自分をかなぐり捨て、獰猛《どうもう》に彼女を襲っている。

「私の魂は……自分の体を抜け出して、ああなっているのかもしれない！」

自分が気を失っているとき、魂は体を抜け出し、葵の上のもとへ行っていたのか……？

ああ、六条御息所の胸を突き刺すような痛みが貫いた。このことがバレたら、世間はなんて言うか！　絶対に侮辱される。だって死んだ後に悪霊になるだけでも罪深いのに、生きている私がこんなふうになってしまうとは……。
――源氏の君を好きでいるのを、やめなければ。
六条御息所は心底そう思った。
しかし古い歌にもあるように、そう思えば思うほど、執着は止まらなかった。

身一つの憂き嘆きよりほかに、人をあしかれなど思ふ心もなけれど、もの思ひにあくがるなる魂は、さもやあらむとおぼし知らるることもあり。年ごろ、よろづに思ひ残すことなく過ぐしつれど、かうしも砕けぬを、はかなきことのをりに、人の思ひ消ち、なきものにもてなすさまなりし御禊《みそぎ》ののち、ひとふしにおぼし浮かれにし心、しづまりがたうおぼさるるけにや、すこしうちまどろみたまふ夢には、かの姫君とおぼしき人の、いときよらにてある所に行きて、とかく引きまさぐり、うつつにも似ず、たけくいかきひたぶる心いできて、うちかなぐるなど見えたまふこと、度かさなりにけり。あな心憂や。げに身を捨ててやいにけむと、うつし心ならずおぼえたまふをりをりもあれば、さならぬことだに、人の御ためには、よさまのことをしも言ひ出でぬ世なれば、ましてこれは、いとよう言ひなしつべきたよりなりとおぼすに、いと名たたしう、ひたすら世に亡くなりてのちに怨み残すは世の常のことなり、それだに人の上にては、罪深うゆゆしきを、うつつのわが身ながら、さるうとましきことを言ひつけらるる宿《すく》世《せ》の憂きこと、すべて、つれなき人にいかで心もかけきこえじと、おぼしかへせど、「思ふもものを」なり。

（「葵」）

ひ〜っと叫びたくなるような六条御息所の心情描写です。

ちなみに最後の「思ふもものを」は、藤原伊行が記した『源氏物語』最古の注釈書『源氏釈』で「思はじと思ふも物を思ふなり言はじと言ふもこれも言ふなり（恋心のことを考えないように、と自分に言い聞かせるほど、余計に恋心について考えてしまう。恋心を言わないように、と自分に言い聞かせるほど、余計に言いたくなってしまう）」という歌の一節だと言われていますが、この歌はどこにも記録されていない古い歌なのだろうと言われています。

私は六条御息所の物の怪描写や「えっ、物の怪って、もしかして私!?」と気づく描写が本当に迫力あって好きなのですよ。**「とかく引きまさぐり」「うちかなぐる」とかすごくないですか。暴れて、部屋を掻きまわし、そして引っ張り殴る。**どうでもいい話ですが、私は「かなぐり捨てる」という日本語を読むたび、この六条御息所の描写を思い出します。「かなぐる」……。

六条御息所が、光源氏への恋心と、世間にどう見られるかというプライドで心をずたずたにされている描写。ほんと、迫力があると思いません？

平安時代の貴族社会はみんな知り合い。そのぶん噂がまわるのも速い。現代のＳＮＳ

社会並みに、悪い話はすぐ炎上する。六条御息所は今でいえば「とても美人で娘もいていい暮らしをしているはずなのに、なぜか男性絡みでかわいそうな目に遭いやすいいっぽいインフルエンサー」でしょうか。イヤですね。そりゃ生霊にもなる。

嫉妬心だけでなく、世間の目にどう見られるか、という点を気にしすぎると、人は生霊になってしまう。――これが紫式部の解釈だったのかな、と『源氏物語』を読むたび思います。**どうにもならない世間の噂を気にしている限り、人は生霊のような、コントロール不可能な妖怪を生み出してしまうのだ、と。**その証に、六条御息所の苦悩が描かれるとき、嫉妬心だけではなく、「世間にどう思われるか」という心の声がいつも挿入されるのです。現代のSNS空間でも、あまりにも人の反応を気にしすぎると精神的に追い込まれてしまう人はたくさんいますが……六条御息所の物語は平安時代にそのような例を示していたのかもしれません。

さて六条御息所の生霊は、はたしてどのような結末を迎えるのか？　長くなりそうなので、続きは明日にしましょう。

今日のおさらい
光源氏最初の妻は、頭中将の妹である「葵の上」。

10日目

☆怨霊は男の罪悪感

読む帖：第9帖「葵」、第10帖「賢木」

洗っても取れない芥子の香り

第9帖「葵」の後半、葵の上はまだ出産予定日ではないのに、産気づいてしまいます。まだ医療も発達していない平安時代、周囲は必死に祈禱《きとう》を始めるけれど……物の怪がまたしても葵の上から離れないのです。

そして物の怪に取り憑かれた葵の上は、やってきた光源氏に、上の空で何かを語りかけます。

「悲しすぎて空中をさまよっている私の魂。
着物の褄《つま》を結んで、あなたがつかまえて」

この和歌を詠んだ、声、その雰囲気は――葵の上ではない。
どういうことだ。光源氏は気づいた。この声は、六条御息所ではないか！
信じられない。世間が「六条御息所の方は、最近……」「もしかして生霊の正体は彼女では……」と噂するのを、バカか、と取り合わなかったのに。目の前にはたしかに物の怪に取り憑かれた葵の上がいる。本当にこんなことがあるのか、とゾッとした。

「お前は誰だ。葵の上ではないだろう」

光源氏が尋ねると、物の怪が取り憑いた葵の上の仕草は――間違いなく、光源氏が知っている、六条御息所の方そのものだった。

驚くどころの話ではない。しかもそこへ女房たちが近づいてくる。光源氏は「どうしたらいいいんだ」と切迫した。

嘆きわび空に乱るるわが魂《たま》を

結びとどめよしたがひのつま

とのたまふ声、けはひ、その人にもあらず、かはりたまへり。いとあやしとおぼしめぐらすに、ただかの御息所なりけり。あさましう、人のとかく言ふを、よからぬ者どもの言ひ出づることと、聞きにくくおぼしてのたまひ消《け》つを、目に見す見す、世にはかかることこそはありけれと、うとましうなりぬ。あな心憂《う》とおぼされて、「かくのたまへど、誰とこそ知らね。たしかにのたまへ」とのたまへば、ただそれなる御ありさまに、あさましとは世の常なり。人々近う参るも、かたはらいたうおぼさる。

（「葵」）

声→雰囲気→仕草が六条御息所だとわかり、光源氏がぞっとするこの場面。心情描写と情景描写がどちらも入り乱れ、紫式部の筆がノリノリなのが伝わってきます。

当時、魂が出て行きそうになったら、着物の褄《つま》を結べば戻ってくる、という言い伝えがありました。それをもとにした和歌ですね。しかし結局、女房たちは六条御息所の生霊を見ずに終わるのです。

そして、僧侶たちの必死の祈禱が効いたのでしょうか。葵の上は無事に男児を出産します。

光源氏はじめての子ども、しかも男児ということで、宮中みんながお祝いモード。当時は「産養《うぶやしない》」といって、子どもが生まれて3日目から9日目まで、1日おきに親類たちがプレゼントを贈り宴会する風習がありました。このときは葵の上の容体がもともと心配されていたこともあり、無事男児が生まれたと、さらに盛大な宴会となったようです。

ちなみに光源氏と葵の上の結婚生活9年目にして、初の男の子誕生。9年ってかなり長いと思いませんか？　そりゃ盛大な宴会にもなりますよ。

しかし……盛大な産養の噂を聞いた六条御息所は、心おだやかではいられなかった。

葵の上男児出産の噂が耳に入る。六条御息所の胸はざわついた。

「葵の上様はもう危ない、と聞いていたのに……安産だったのか」

——私は、ここ数日間失神していたらしい。

なのに自分に、なぜか芥子《けし》の香りが染みついている。

なぜ？　嫌な予感がして、服を着替えても、髪を洗っても洗っても。やっぱり芥子の香りはどうしても取れない。自分の体に染み込んでしまっている。

ああ……そうか、芥子の香りは、僧侶が護摩祈禱《ごまきとう》するために焚く香りだ。

「世間の言う通り、生霊は、私だったのか」

信じられない。噂が本当だと知った世間は、何と言うだろう？　こんなこと誰にも言えない。

六条御息所はひとりで、吐きそうな夜を送った。

誰にも相談できない葛藤は、さらに彼女を苦しめた。


かの御息所は、かかる御ありさまを聞きたまひても、ただならず。かねてはいとあやふく聞こえしを、たひらかにもはた、とうちおぼしけり。あやしう、われにもあらぬ御ここちをおぼし続くるに、御衣《おほんぞ》なども、ただ芥子の香《か》にしみ返りたるあやしさに、御ゆする参り、御衣着かへなどしたまひて、こころみたまへど、なほ同じやうにのみあれば、わが身ながらだにうとましうおぼさるるに、まして、人の言ひ思はむことなど、人にのたまふべきことならねば、心ひとつにおぼし嘆くに、いとど御心がはりもまさりゆく。

（「葵」）

私はもうこの芥子の香りが取れない描写が、すごく好きなんですよ。ぞっとする美しさのある場面だと思いませんか？

六条御息所は、気を失っているときに生霊になっているから、自分が本当に生霊になっていると本気で信じてはいない。自分が生霊なのか？　とうすうす気づいてはいるけれど、心のどこかでは信じたくない。夢であってほしいと思っている。**しかし現実でも、芥子の香りが自分の体からするのです！**

葵の上に憑いた怨霊を引き剝がすための祈禱で使われているのに、その香りが自分から！　いくら髪を洗っても、香りは取れない！　怖い怖い。

紫式部は、生霊を信じていなかった？

これは私の妄想なのですが、「夕顔」で物の怪描写を綴った紫式部は、「物の怪って書くの面白いし、評判もいいなー」と思って、六条御息所と葵の上の物語を書くに至ったのかもしれません。夕顔を襲ったのはただの正体不明の物の怪でしたが、葵の上の物の怪描写は、光源氏や六条御息所自身が物の怪の正体に気づくところまでとても迫力がある、面白い。

実際、六条御息所のエピソードは、『源氏物語』を代表する名場面とされます。たとえば能の演目「葵上」でも、六条御息所の生霊を成仏させる話が演じられます。あるいは『源氏物語』を題材にした「源氏絵」では必ず六条御息所の車争いの場面や、生霊の場面が描かれる。私は、この六条御息所の生霊エピソードがあったからこそ、『源氏物語』はここまで大衆に楽しまれる物語になったのでは？　と思っているのです。一度読んだら忘れられない、インパクトの大きい話ですから。『源氏物語』を読んだことのない方でも、六条御息所の存在は知っていることが多い。

しかも面白いのが、**六条御息所の生霊の物語は、決してオカルトとは言い切れないところ。**

たとえば紫式部は、実生活でこんな和歌を詠んでいるのです。

——ある日、紫式部が物の怪に憑かれた女性の絵を見ていたときのこと。その女性の後ろには、鬼になった元妻が、法師に縛られているところが描かれていた。そして夫は、物の怪となった元妻を退散させるために、お経を読んでいる……。そんな絵を見て、紫式部は和歌を詠みました。

この夫は、後妻に物の怪が憑いたことを、亡くなった前妻のせいにして悩ましく感じているけれど。いやいや、物の怪はあなたの罪悪感が生んだんだよ、と思うなー。

亡き人にかごとをかけてわづらふもおのが心の鬼にやはあらぬ

（『紫式部集』44番）

平安時代には「後妻打《うわなりう》ち」といって、夫の浮気に怒った先妻や本妻が、後妻や愛人の家を壊しに行ったり殴りに行ったりする風習がたまにありました。『御堂関白記』に登場したり、あるいは北条政子が源頼朝の妾の家を襲ったという有名なエピソードが残っています。が、これって現代の私たちからすると、「浮気した夫が悪いのに、愛人と妻を争わせるなんて、なんだか男目線の嫌な話だなー」と感じてしまいます。

そこをまさしく指摘したのが、紫式部。

彼女は和歌で「いやいや、前妻の物の怪なんかじゃなくて、夫の前妻に対する後ろめたさが、夫に物の怪を見せているんだわ」と冷静な解釈をおこなうのです。つまり物の怪とは女性同士のキャットファイトではない。**物の怪とは、浮気をする男性が、女性に罪悪感を投影した結果生まれたものなのだ、と。**

これは現代の心理学で「投影」と呼ばれる構造のような解釈ですが、ユングより前に紫式部は投影を理解していた……。これが本当に千年前の人の言うことか、と舌を巻きます。

六条御息所のエピソードを説明するとき、平安時代は幽霊や生霊が本気で信じられていたんだ、としばしば説明されます。しかし私は、紫式部の和歌を詠んだり、あるいは光源氏が生霊や物の怪を自分の目で見るまで信じていなかったりするところを読むと、『源氏物語』の生霊はオカルトなものとして描かれているわけではないのかもしれない、と感じます。

つまり、人間の心が見せたものだ、という解釈をあくまで可能にさせている。

その証拠に、作中、葵の上に取り憑いた生霊の正体が、はっきりと六条御息所だと知っているのは、光源氏と六条御息所しかいないのです。他の人は、六条御息所は光源氏に蔑《ないがし》ろにされていると噂はしているけれど、六条御息所に似ている生霊を見たわけではない。葵の上の女房ですら、生霊の姿は、見てないのです。ただ光源氏が「生霊に取り憑かれた葵の上の仕草や声が、六条御息所に似ている」と感じただけ。そして六条御息所が「生霊になる夢を見た、そして芥子の香りが自分からする気がする、取れない」と感じただけ。洗っても落ちないなんて、主観的ににおいを感じてしまっている証拠ですよね。

そして葵の上は、実は物の怪に取り憑かれていなくて、つわりや早産で苦しんでいるだけ、とも言える。妊娠中で体が弱っている、しかも夫は浮気しているというストレスがかかっている。生霊なんていなくても具合が悪くなるというものでしょう。葵の上は一度も「生霊の正体は、六条御息所だ」なんて言っていない。僧侶が祈禱するとき「葵の上は普通の妊婦より具合が悪そうで、生霊が取り憑いているからではないか」と言っただけなんですよね。

そう考えると、**「六条御息所の生霊」とは、たしかに光源氏の罪悪感と、六条御息所のストレスと、世間の噂が見せた幻想だった**、とも解釈できるのです。

少なくとも、紫式部はそのように解釈できる余地を、残している。読者はオカルト話としても読めるし、心理描写としても楽しめる。――この紫式部の描写力こそが、現代に『源氏物語』を読んでも面白いと感じる所以《ゆえん》です。

美しすぎる、六条御息所の「野宮」の別れ

さてこれまでも、桐壺帝が弱っている桐壺更衣にキュンとする描写がありましたが。光源氏もまた、弱っている女性に魅力を感じる癖があったようで。葵の上が出産後、衰弱している様子を見て、「年ごろ、何ごとを飽かぬことありて思ひつらむと、あやしきまでうちまもられたまふ（なぜ私は長年この方に興味を持てなかったのだろう？　と不思議に思いつつ、葵の上をじっと見守っていた）」と心を入れ替えます。読者としては光源氏にむかついてしまいますが。誰のせいでこんな弱ってるんじゃ、と思いつつ、紫式部も書いたのではないでしょうか。ほんと勝手な男だな！

しかしちゃんと気を遣い、「薬湯など召しあがってくださいね」とお世話をする光源氏に、

葵の上もいつもよりキュンときてしまう。宮中に向かうためきれいに着飾った光源氏を、葵の上は熱心に眺めていた、という描写も綴られています。

そう、**産後、作中はじめてといっていいほど、光源氏と葵の上の夫婦の仲は良好になるのです。**

しかし現代的にいえば、これは「フラグ」だった。ふたりの心が通い合ったのも束の間、葵の上は突然亡くなります。

光源氏は、自分はなぜあの方を大切にしなかったのかと大いに後悔するけれど、もう遅い。

そして葵の上の死後、光源氏の心が離れたことを悟った六条御息所は、光源氏への思いを断ち切るため、娘の伊勢下向へついていくことを決断します。

好きな人への思いを断ち切るためには、引っ越す。なんだか現代でもありそうな話ですが、光源氏はそのことにショックを受けます。――遠くへ行ってしまわれるのか、と思った光源氏は、一晩だけ……と六条御息所の住む場所へ向かうのです。

この場所が、有名な「野宮《ののみや》」。野宮は、斎宮になる女性が3年禊《みそぎ》をおこなう場所でした。今も「野宮神社」がありますね。最初は躊躇《ためら》っていた六条御息所でしたが、ふたりは一夜を共にします。もうね、ここが、名文だらけなんですよ！

少しずつ白んでゆく空が、まるで物語のようだった。

「明け方あなたと別れるとき、いつも切なくて涙がこぼれてしまったけれど。今朝の別れはこれまで知らなかった切なさだから、涙で秋の空が曇ってしまうんだ」

光源氏はそう歌を詠んだ。そして帰りたくなさげに、六条御息所の手をきゅっと握る。帰るのを躊躇うまなざしは優しい。

風がつめたく吹いて、鈴虫の鳴き嗄らした声が響く。ふたりの別れを知っているかのような、晩秋の夜明けだった。

別れがあんまり悲しくて、六条御息所はいつものように巧い歌をつくることができない。

「秋が終わる、ってそれだけでも切ない気分になるのに……

鈴虫がこんなに鳴いてたら、余計に悲しくなる」

後悔することもたくさんあるけれど。それでもこの人との仲は、どうしようもなかったんだ。

六条御息所は歌を詠みつつ、そう思った。
空が明けてゆく。人に見つかるのを恐れ、光源氏は出発した。
帰り道は、朝露と、誰かの涙に濡れていた。

やうやう明けゆく空のけしき、ことさらにつくりいでたらむやうなり。

暁の別れはいつも露けきを
　こは世に知らぬ秋の空かな

出でがてに、御手をとらへてやすらひたまへる、いみじうなつかし。風いと冷やかに吹きて、松虫の鳴きからしたる声も、をり知り顔なるを、さして思ふことなきだに、聞き過ぐしがたげなるに、ましてわりなき御心まどひどもに、なかなか、こともゆかぬにや。

おほかたの秋の別れもかなしきに
　鳴く音《ね》な添へそ野辺の松虫

くやしきこと多かれど、かひなければ、明けゆく空もはしたなうて出でたまふ。道のほどいと露けし。

（「賢木」）

「道のほどいと露けし」！　最後のこの名文を見てください……。

私は本当に第10帖「賢木」冒頭は全文引用したいくらい、名文だと思っているのですが。何より光源氏が帰るときの「道のほどいと露けし」。これは、**「帰り道は、露で濡れていた」という意味と、「帰り道に、光源氏の涙がぽたぽた落ちていた」という意味を双方かけているのです！**

ちなみに「露」は秋の季語。夜間気温が下がり、空気中の含みきれなくなった水蒸気が、水滴となって草や木に付着するのが「露」。それゆえ昼夜の気温差が大きい秋は、朝に露が見られやすいのです。もっと寒くなるとこれが「霜」になる。

そう、「露」に濡れる道中は、秋だからこそ。そして「露」は「涙」の比喩になりやすい。

——六条御息所との別れの場面は、秋の寂しい野宮（都から少し離れた場所にあります）という舞台設定を最大限活かしているんです。美しすぎません？

それにしても光源氏は、葵の上とは決して和歌を交わさないのに、六条御息所との和歌のやりとりはたくさん登場します。しかも六条御息所は歌がうまい設定なので、とても良い歌が多い！

葵の上とは子どもができたし世間からは祝福されたけれど、和歌のやりとりもない。六条御息所とは子どももいないし世間から噂されたけれど、和歌はたくさんやりとりしている。

はっきり言って、『源氏物語』作中、光源氏と六条御息所の恋の蜜月はまったく描かれていません。六条御息所は読者としては気づいたら登場していて、葵の上に嫉妬し、ひたすら苦悩している。でも、この野宮での別れの場面が素晴らしすぎて！　昔のことを思い出しながらふたりで夜を明かす、秋の場面が美しすぎて、なんだか光源氏と六条御息所のこれまでの美しい思い出を幻視してしまう。

光源氏はこの後も六条御息所の娘（斎宮になった娘）にちょっかいを出したりしつつ、六条御息所との手紙のやりとりは続きます。実は作中後半、六条御息所は亡くなるところまで描かれているのです。やっぱり紫式部の周りでも、彼女は人気キャラクターだったのでしょうか。

名場面が多すぎて、『源氏物語』人気投票をしたら六条御息所に一番票が入るのでは？　なんて思う今日この頃です。

今日のおさらい

六条御息所は嫉妬のあまり生霊になり、光源氏の正妻・葵の上に取り憑いて殺してしまう。

11日目

☆「結婚＝幸せ」幻想をほどく

読む帖：第5帖「若紫」、第9帖「葵」

紫の上はいつ出てくる?

今度は六条御息所が正妻になるのかしら? 葵の上が亡くなったとき、実はそう噂されていました。が、実は前日見た「葵」の巻の最後、つまり葵の上が物の怪に取り憑かれている間、「賢木」の巻の美しすぎる六条御息所の描写の前、『源氏物語』的には大事件がありました。

紫の上が、正妻になっていたのです。

……どういうこと!? 私ははじめて読んだとき、エピソードの順番に驚きました。

「えっ、ここで紫の上、奥さんになってるの!?」

そもそも『源氏物語』で紫の上がはじめて登場したのは、第5帖「若紫」の巻。夕顔を亡くしたばかりの光源氏が、若紫と出会ったり、藤壺と密通したりと、『源氏物語』の有名なエピソードが多々登場する巻です。

「若紫」巻の冒頭、光源氏は病気にかかってしまい、祈禱を受けるために「北山のなにがし寺」(京都の左京区にある大雲寺旧境内か鞍馬寺がモデルではないかと言われています)に向かいます。

舞台は、春の里山。山の中に入れば入るほど、桜は満開で、霞《かすみ》がかった景色もなんだか素敵だなあ、と都会育ちの光源氏は思います。田舎が珍しかったんでしょうね……。**そこで光源氏は、愛しているけれどなかなか近づくことのできない藤壺に、とてもよく似た少女と出会うのです。**

とても有名な、紫の上が「雀の子を犬君《いぬき》（召使の童女）が逃がしつる。伏籠《ふせご》のうちに籠《こ》めたりつるものを」（「雀の子を犬君が逃がしちゃった。私が伏籠の中に閉じ籠めておいたのに」）という台詞を喋っているところを、光源氏が覗き見（垣間見）する場面です。

光源氏は、ロリコン？

『源氏物語』をめぐる世間の常識として、「光源氏はロリコンだ」という言い方があります。当時光源氏は18歳、紫の上は10歳。この後、光源氏が好みだと思った少女・紫の上を引き取り、そして成長したところで一夜を（ほとんど無理矢理）共にするのですから、現代の私たちが読むと「小さいときに引き取って、自分好みに育てるなんて、ロリコン以外の何物でもないだろう」と思ってしまいます。

しかし平安時代の価値観では、これはそんなに異様なことではありませんでした。そもそも12歳だった光源氏は、16歳の葵の上と結婚し、17歳の藤壺に恋しています。ちなみに六条御息所と光源氏はおよそ7歳差。紫の上と光源氏が8歳差であることは、そこまでおかしいことではありませんでした。あと一応、光源氏が紫の上と寝たのは、紫の上が14歳になってからだったことも、紫式部の倫理観が窺えるのですね。

田舎娘の変身物語

しかしそんな実際の年齢や常識は置いておいて、『源氏物語』を読んでいるときの印象を素直に言うと——私は「やっぱ光源氏ってロリコンでは!?」と感じてしまうのですよ！

なぜなんだろう？　と考えつつ、紫式部の綴った文章をよく読むと、面白いことがわかります。

実は——紫式部は、あえて、紫の上を幼く描いていたのです。

顔は美少女だったが、眉はまだぼさぼさで、まだ伸びきっていない前髪はあどけない。

「可愛いなあ、でも大人になるにつれてもっと美しくなるタイプだろうな」

光源氏は彼女の成人した姿を想像する。

すると、わかった。なぜ私がこの子に惹かれているのか。愛する藤壺様によく似ているからだ。——その瞬間、光源氏の頬に涙が伝った。

紫の上の世話をしている尼君は、彼女の髪を撫でながら

「髪をとくのが嫌なのですか？　こんなに美しい髪なのに。それにしても、私はあなたが子供っぽすぎて、心配ですよ。あなたくらいの年齢になればもっと大人っぽくなるものだけど。亡くなったあなたのお母様は、一〇歳くらいで父親と死に別れていたけれど既に物分かりのいい大人でした。私がいなくなったとき、あなたはどうするのかと心配で心配で……！」

と泣いている。光源氏はその風景を覗き見しながら、切なくなった。

紫の上も、幼いながらも、さすがにじっと尼君の顔を眺めていた。そして俯《うつむ》いた。そのとき横顔にさらりとこぼれた髪が、光源氏にはきらめいて見えた。

つらつきいとらうたげにて、眉のわたりうちけぶり、いはけなくかいやりたる額つき、髪《かむ》ざし、いみじううつくし。ねびゆかむさま ゆかしき人かなと、目とまりたまふ。さるは、限りなう心を尽くしきこゆる人に、いとよう似たてまつれるが、まもらるるなりけり、と思ふにも涙ぞ落つる。

尼君、髪をかき撫でつつ、「梳《けづ》ることをもうるさがりたまへど、をかしの御髪《おぐし》や。いとはかなうものしたまふこそ、あはれにうしろめたけれ。かばかりになれば、いとかからぬ人もあるものを。故《こ》姫君は、十ばかりにて殿《との》におくれたまひしほど、いみじうものは思ひ知りたまへりしぞかし。ただ今おのれ見捨てたてまつらば、いかで世におはせむとすらむ」とて、いみじく泣くを見たまふも、すずろに悲し。をさなごこちにも、さすがにうちまもりて、伏目《ふしめ》になりてうつぶしたるに、こぼれかかりたる髪、つやつやとめでたう見ゆ。

（「若紫」）

そう、紫の上は尼君から見ても「年齢より幼い設定」なのです。だから現代の私たちが読んでも、紫の上と光源氏の関係は「いやいや、こんなに幼い女の子を好きになるなんて」とツッコミを入れたくなる。

しかしそれはあくまで紫式部の戦略だったのです。田舎でのびのび育ったお嬢様が、いきなり都会に連れてこられ、大人になることを強要される。むしろ田舎と都会の対比、そしてそこにあるプリンセス・ストーリーの苦悩を描きたかったのではないか、と私は思います。若紫の話は、光源氏視点ではなく紫の上視点で見ると、欧米の映画でいえば『マイ・フェア・レディ』や『プリティ・プリンセス』のような、「**田舎娘が素材を生かして都会のプリンセスに変身する物語**」の元祖。だからこそ紫式部は、里山時代の紫の上をわざと幼く、芋っぽく描いていた。そして、第5帖「若紫」の巻ではじめて出会ってから、4年後の第9帖「葵」の巻で、美しく大人になった都会的な若紫を再登場させるのです。

プリティ・プリンセスの苦悩

しかし『源氏物語』の凄いところは、プリティ・プリンセス——つまり田舎娘から大変身した都会のプリンセス若紫の、苦悩を中心に描いたところ。

具体的に言えば、『源氏物語』には、紫の上が光源氏に性的な目で見られていることを知ったとき、紫の上が「信じられない」「こんな目で見られていたなんて」と愕然とする場面がかなりしっかり描かれていたのです（この場面については、私の過去の著作『（萌えすぎて）絶対忘れない！ 妄想古文』（河出書房新社）で解説したので、よければ読んでみてください）。

葵の上と六条御息所の箇所では「物の怪を生み出しているのは、光源氏の罪悪感と、世間にどう見られるか気にしすぎる六条御息所のプライドだった」という冷静な解釈を可能にした紫式部。彼女は、紫の上が、引き取って都会に連れてきてくれていた光源氏に対して「えっ、私を援助してくれていたのは、そういう目で見ていたからだったの？」と虚しく、情けない感情になる……そんな場面のこともしっかり描いていたのです。

『マイ・フェア・レディ』にせよ『プリティ・プリンセス』にせよ、シンデレラ・ストーリーの先で、王子様——という名の援助者と結ばれることは、基本的にハッピーエンドとされていました。しかし『源氏物語』は、**紫の上にとっては、苦悩の始まりだった**、という描き方をしているのです。

「葵」の巻後半では、葵の上を亡くした光源氏が、紫の上と結婚の儀式をとりおこなう場面が描かれます。しかしそれは紫の上にとって、苦痛に満ちた儀式でした。

葵の上の事件があったからといって、光源氏は六条御息所と絶対に会わないと決めているわけでもない。

「葵の上が亡くなってしまい、朧月夜は尚侍《ないしのかみ》として宮中に入ってしまった。かといって六条御息所の方は、妻にするにはちょっと……。かわいそうだけど。これまでと同じように、たまに会ったり手紙を交わしたりするくらいがいいなぁ」と光源氏は思っていた。そんなわけで紫の上は、光源氏にとって妻にするのにちょうどいい女性だったのだ。

「紫の上を引き取ったことって、みんなに言ったことないし、いきなり結婚するなんて言ったらびっくりするよな～……ていうか紫の上の実の父親である兵部卿宮にも、結婚するならはやく伝えなければ」

結局、光源氏は、急いでものすごく立派な結婚披露宴（裳着の式）の用意を従者たちに命じた。が、紫の上は、まったく嬉しくない。

私はこれまですっごく源氏の君のことを信頼してきた。だけど結局こんなふうに奥さんにするために世話してくれてたってこと？　嫌すぎる。なんでこんな方のこと、私は、信頼してたんだろう?

紫の上は光源氏と目もあわさない。光源氏が冗談を喋りかけても、返事もしない。

そんな紫の上を見て、光源氏は「全然昔と違う！ なんだか透明感があって美しすぎる！ 可愛い！」と思い、

「これまで私はあなたをずっと愛してきたのに……あなたは私が嫌いですか?」

と伝えるのをやめられなかった。

こうして今年は終わり、新しい年を迎えた。

かの御息所はいといとほしけれど、まことのよるべと頼みきこえむにはかならず心おかれぬべし、年ごろのやうにて見過ぐしたまはば、さるべきをりふしにもの聞こえあはする人にてはあらむなど、さすがに、ことのほかにはおぼしはなたず。

この姫君を、今まで世人《よひと》もその人とも知りきこえぬ、ものげなきやうなり、父宮に知らせきこえてむと、思ほしなりて、御裳着《もぎ》のこと、人にあまねくはのたまはねど、なべてならぬさまにおぼしまうくる御用意など、いとありがたけれど、女君はこよなううとみきこえたまひて、年ごろよろづに頼みきこえて、まつはしきこえけるこそ、あさましき心なりけれと、くやしうのみおぼして、さやかにも見合はせたてまつりたまはず、聞こえたはぶれたまふも、苦しうわりなきものにおぼしむすぼほれて、あり

しにもあらずなりたまへる御ありさまを、をかしうもいとほしうもおぼされて、「年ごろ思ひきこえし本意《ほい》なく、馴れはまさらぬ御けしきの心憂きこと」と、怨みきこえたまふほどに、年もかへりぬ。

（「葵」）

華やかな儀式に、立派な衣装。**しかし紫の上は「本当にイヤすぎる」と嘆くのです。**

教養がなければ気づけない？ 巧みな伏線

ちなみに紫の上のエピソードは、『伊勢物語』が伏線として張られています。現代でも「意味を知っていたら考察してニヤリとできる作品」が存在しますが、同様に、『源氏物語』においても、『伊勢物語』を読んだことのある方にとってはニヤリとできる場面が、紫の上のエピソードだったのですね。

キーワードは、光源氏が里山で紫の上を覗き見しているときに、紫の上の世話をしている尼君と女房がそれぞれ詠んだ歌。

＝

これからどう成長するのかわからない、若草のようなあなたを一人にするなんて、

＝ 露となって死ぬこともできませんわ

＝ (尼君)生ひ立たむありかも知らぬ若草をおくらす露ぞ消えむそらなき

＝ 初草のように成長してゆく姫君の将来も見ないまま、露となって死ぬなんて、そんなことあってはならない

＝ (女房)初草の生ひゆく末も知らぬまにいかでか露の消えむとすらむ

(「若紫」傍線は引用者)

……和歌としては、正直、そんなに難しいことは言っていない、普通の歌ではあるのですが。

ふたりは紫の上のことを、「若草」と「初草」と呼んでいますよね。

実は『伊勢物語』第49段にも、同様に、女の子のことを「若草」「初草」と呼ぶ和歌が登場するのです。そしてそれは、

＝ 若くて素敵な若草のようなあなたが、結婚するなんて残念です

＝うら若み寝よげに見ゆる若草を人のむすばむことをしぞ思ふ

＝早春に思いがけず見つけた若草くらい、めずらしいことを言いますね。これまでただの兄妹だったのに

＝初草のなどめづらしき言《こと》の葉《は》ぞうらなくものを思ひけるかな

（『伊勢物語』傍線は引用者）

……という、兄に妹が恋される物語なのですね。

つまり『源氏物語』の若草と初草の和歌を詠んだ時点で、『伊勢物語』を知っている読者は、「この兄代わりの光源氏に、思いがけず、紫の上は恋されるってこと〜!?」とピンとくる。

『源氏物語』の面白さのひとつは、反復にあります。藤壺と年の差の恋に落ちた光源氏は、藤壺に似ている紫の上とまたしても年の差の恋に落ちる。あるいは桐壺帝が恋した桐壺更衣によく似た藤壺に、光源氏は恋をする。あるいは桐壺帝が恋した結果、不幸になってしまった桐壺更衣と同じように、光源氏が恋した結果紫の上は……？　と、読者に想像させるのが紫式部は本当に上手だった。伏線とはこう張るのだと、千年前の作家が、

教えてくれているかのようです。

今日のおさらい

光源氏が幼い頃から育て、正妻にしたのが「紫の上」。

12日目

☆人物のキャラはぶれない

読む帖：第3帖「空蟬」、第16帖「関屋」

全54帖を7つのパートに分けると？

さて、そろそろ疲れてませんか？　一度全体を整理しましょうか。1～2日目で見たように、『源氏物語』は全54帖あります。あらためて長いですね。それらをこれまでは、3章、あるいは5つに分けて見てきました。ここではもう少し詳しく見ていきましょう。

①【恋多き宮中編】
巻：1～11帖（桐壺～花散里）
中心となるヒロイン：藤壺、空蟬、夕顔、末摘花、花散里、朧月夜、六条御息所、葵の上、紫の上
光源氏のライバル：弘徽殿女御
政治状況：右大臣家に敵視されながらも、光源氏の地位が宮中で上がっていく。

②【須磨～子育て編】
巻：12～21帖（須磨～少女《おとめ》）

中心となるヒロイン：明石の君、明石の君の姫君
光源氏のライバル：頭中将
政治状況：失脚し須磨へ行った光源氏が、右大臣家との攻防のなかで、地位を回復していく。

③【「玉鬘《たまかずら》十帖」編】
巻：22〜31帖（玉鬘〜真木柱《まきばしら》）
中心となるヒロイン：玉鬘（※光源氏の娘・息子世代の恋が描かれる）
光源氏のライバル：夕霧、髭黒？（※ふたりとも玉鬘に恋をする）
政治状況：光源氏自身の政治状況はほぼ変わらない。

④【光源氏の栄華編】
巻：32〜33帖（梅枝《うめがえ》〜藤裏葉《ふじのうらば》）
中心となるヒロイン：紫の上、明石の君
光源氏のライバル：頭中将（※内大臣→太政大臣に昇進）
政治状況：光源氏は「天皇でも臣下でもない」准太上天皇に昇進。

⑤【光源氏の老後編】

巻：34～41帖（若菜上～幻《まぼろし》）

中心となるヒロイン：女三宮

光源氏のライバル：柏木

政治状況：光源氏は41帖「幻」の後亡くなる。

⑥【「匂宮三帖」編】

巻：42～44帖（匂兵部卿《におうひょうぶきょう》～竹河《たけかわ》）

中心となるヒロイン：真木柱《まきばしら》、大君《おおいぎみ》ら

主人公：薫、匂宮

政治状況：光源氏が亡くなった後の各家庭の状況について描かれている。

⑦【「宇治十帖」編】

巻：45～54帖（橋姫《はしひめ》～夢浮橋《ゆめのうきはし》）

中心となるヒロイン：大君、中《なか》の君、浮舟《うきふね》

主人公：薫、匂宮

政治状況：薫、匂宮が光源氏の栄華を継ぐ存在として評判になり、順調に昇進する。

つまり、『源氏物語』を光源氏中心史観でざっくり分けると、1日目にも書きましたが、

第1章：光源氏の青年期（①、②、③、④）1〜33帖
第2章：光源氏の老後（⑤）34〜41帖
第3章：光源氏の死後（⑥、⑦）42〜54帖

と分類されるのです。

約10帖ずつ進んでいく『源氏物語』

それにしてもすごいと思うのが、**だいたい同じペースで物語が進んでゆくところ。**

1〜11帖：宮中の光源氏と恋愛
12〜21帖：光源氏の須磨からの復活
22〜31帖：玉鬘の結婚騒動（番外編）
32〜41帖：光源氏の老後問題
42〜54帖：薫、匂宮の宇治恋愛（番外編）

そう、構成がちゃんと10帖ずつくらいで展開されているのです。

紫式部がはたしてどうやってこの大長編を綴っていたのか、なぜこんなにもきちんと10帖ずつ物語をまとめあげられたのか。構成メモなどは書いていたのか、本当に気になりますが、いかんせん資料は何も残っていません。

わかっているのは、途中から『源氏物語』の面白さが宮中で評判になり、時の摂政の藤原道長のもとまで「『源氏物語』が面白いらしい」という噂が届いたこと。そして、そのおかげで紙がもらえたからこんなに大長編を紫式部が綴ることができた、ということだけ。おそらく長い時間をかけて彼女は『源氏物語』を書き終えたのでしょうが。10帖ずつで話題を変えていくなんて、どうやって思いついたのか。現代の私たちは知る由《よし》もありません。

ちなみに「匂宮三帖」や「宇治十帖」に関しては、紫式部が作者ではないのでは？　という説もあります。他の人が二次創作を書いて、いつのまにか本編にくっついてしまった……というのは、いかにもありそうな話ですよね。『源氏物語』原本はもう失われてしまっているので、真相は闇の中ですが。

光源氏を振った女性

そんなわけで、世間で知られている『源氏物語』のヒロインといえば、第1章——光源氏が須磨に流される前、若かりし頃に出会った女性たちが多いのですね。

これまで紫の上、葵の上、六条御息所、朧月夜などについては解説してきましたが。他の女性キャラクターについてもここで見てみましょう。

たとえば、空蟬。彼女は、光源氏を振った女性です。

空蟬は人妻です。しかし若かりし頃の光源氏はそんなことも気にせず、寝室に忍び込みます。一度は強引に関係を結んだものの、その後、空蟬は光源氏との関係を拒否し続けるのです。そして空蟬は、最後、自分の着ていた小袿《こうちき》を残して、姿を消します。光源氏は**服だけを残してそっと部屋を抜け出した彼女を、「蟬の抜け殻（＝空蟬）」にたとえ**、歌を詠むのでした。

樹の下で、蟬の抜け殻だけが残されるように、あなたの衣だけが残ってしまった。
でも、私はあなたの衣の下に隠された本心を、手に入れたかった

うつせみの身をかへてける木《こ》のもとになほ人がらのなつかしきかな　（「空蟬」）

弟の小君《こぎみ》から、光源氏のこの歌を渡された空蟬。彼女は、ひとりで同じ懐紙に歌を書きつけました。光源氏に贈るでもなく、ただ自分の心を詠むために。

蟬の抜け殻が露で濡れるけれど、樹に隠されてよく見えない。私もやっぱり涙がこぼれてくるけれど、それは誰にも見られない。

うつせみの羽《は》に置く露の木隠《こがく》れて忍び忍びに濡るる袖かな

……と、空蟬も人妻だから遠慮しただけで、実は光源氏のことを好きだったのだろうか？　それとも光源氏から逃げるしかない自分の身を、嘆いたのだろうか？　など、想像がかきたてられる歌です。しかし実はこれ、『伊勢集』という有名な古い歌集に収められている歌なのです。

そう、これは空蟬の自作ではなく、いわば「カラオケ」のように、すでに有名な歌に自分の気持ちを乗せただけ。ここまできて、自分の本心を言葉にするのではなく、他人の歌で自分の心を覆う空蟬。まるで、空蟬が着ていた衣だけをそっと置いていったのと同じように、彼女は他人の歌だけをそっと詠んで終わるのです。

なんという美しい物語構成なんだ、と思いませんか？ **「衣だけを置いていく」、「人がら（性格、内心）」を見せない空蟬は、「他人の和歌を詠んで終わる」、自分の和歌を詠まずに去るのです。**

ぶれない女性たち

といっても実は空蟬は、第16帖「関屋《せきや》」で再登場します。

第3帖「空蟬」で17歳だった光源氏が、第16帖「関屋」では29歳、もう立派な（平安時代の感覚では）おじさんです。須磨流謫《るたく》を乗り越え、内大臣に出世した光源氏は、昔よりもずっと地位も評判も高い男性になっていました。一方、地方赴任していた夫についていっていた空蟬は、牛車で関を越えようとしていました。そこは、山城国と近江国の境にある「逢坂《おうさか》の関」。――偶然、寺社参詣のために同じ時間にそこを通りがかっていた光源氏一行と、空蟬一行は、「逢坂の関」で12年ぶりの再会を果たします。

季節は紅葉の時期。美しく紅葉の映える関所で、お互いの牛車は出会います。

しかし切ないのが、空蟬は今も昔も受領階級（地方に派遣される役職）という、中流身分の女性。今をときめく光源氏たちの牛車が通るとき、空蟬たちは道をあけるため、牛車を木陰に置いておくのです。身分の差が、ふたりを分かつのでした。

が、調子いいのは光源氏のほう。後で光源氏は「あんなところで再会するなんて、私たちはやはりご縁が深いですね！　でもお目にかかれなくてとても残念でした」などと手紙をせっせと贈るのでした。このあたりは年齢を重ねても変わっていない光源氏の光源氏たるゆえん。

そして空蟬も変わっていません。やがて夫が亡くなり、変な男たちが言い寄ってくるのを嫌がった空蟬は、尼になるのです。このあたりは、光源氏から逃げ続けた時代から「変わってないな！」と読者も思うはず。

『源氏物語』はとても長いですが、女性たちのキャラクターがほとんどぶれていないので、読者も面白く読み続けてしまうのですね。

今日のおさらい

光源氏を最後まで拒否した女性は「空蟬」。

13日目

☆一途な人は幸せに

読む帖：第6帖「末摘花」、第15帖「蓬生」

紫式部も思わず言い過ぎた

さて、空蝉と同じく、前半に光源氏と恋愛する女性として登場し、後半に再登場する女性がいます。彼女は空蝉以上に有名かもしれません。

彼女の名は、末摘花《すえつむはな》。世にも有名な、「可愛くないヒロイン」として日本文学史に名を馳せるキャラクターです。

彼女がはじめて登場したのは、第6帖「末摘花」。落ちぶれた令嬢の姫だと思い込み、暗い中で光源氏は強引に関係を持ちます。しかしある夜が明けたとき、あたりは一面の雪景色。白く美しい朝方の景色に、若い光源氏は美しく映えます。ちなみにここで末摘花に仕える年老いた女房たちが「なんと美しいお方……」と思っているのもちょっと面白いポイントです。

さて**そんな雪景色に照らされた末摘花の姿**は、光源氏としては「も、もう少しいい女だったら嬉しかっただろうに」と思うような風貌でした。

容姿なんて見ていないぞと、光源氏は庭を眺めるふりをしていた。が、体は向けていなくても横目で彼女を凝視してしまう。「ああ、ここで『昨晩一緒に過ごした女性は、こんなにいい人だったのか』と思えたら、どんなに……」と内心臍《ほぞ》を噛むが、まあそれは無理な話である。

見れば見るほど、座高が高い。胴長だ。光源氏は「そうだよなあ」と肩を落とす。さらに凄いのが、鼻だ。まっさきに目についてしまう。普賢菩薩《ふげんぼさつ》の乗物か？　鼻が信じられないほど高くて、鼻先は少し垂れて赤い。怖すぎる。

そして肌は雪のように青白い。額は広く、大変な面長である。体はとても痩せていて、骨ばっている。衣の上から肩が見えそうなくらいだ。

見ぬやうにて、外《と》のかたをながめたまへれど、後目《しりめ》はただならず。いかにぞ、うちとけまさりのいささかもあらばうれしからむとおぼすも、あながちなる御心なりや。まづ居丈《ゐだけ》の高う、を背長《せなが》に見えたまふに、さればよと、胸つぶれぬ。うちつぎて、あなかたはと見ゆるものは、御鼻なりけり。ふと目ぞとまる。普賢菩薩の乗物とおぼゆ。あさましう高うのびらかに、先のかたすこし垂りて色づきたること、ことのほかにうたてあり。色は雪はづかしく白うて真青《さを》に、額つきこよなうはれたるに、なほ下《しも》がちなる面《おも》やうは、おほかたおどろおどろしう長きなるべし。痩せたまへること、いとほしげにさらぼひて、肩のほどなどは、いたげなるまで衣の上まで見ゆ。（「末摘花」）

この後も、いかに末摘花の着ているものが酷いか、彼女の風貌が光源氏も見たことないくらい凄いものかがえんえんと書き連ねられています。もはや読者としては「紫式部、容姿の悪口を書くのが楽しくなってません……？」と邪推したいくらいです。ちなみに「末摘花」という名の由来は、色鮮やかな朱色の花、ベニバナ（紅花）の異名が「末摘花」だったから。**鼻が赤いことと、花が赤いことを、掛けているのですね。**

ちなみに紫式部の筆が乗りすぎたのか、末摘花の女房たちが古臭い髪形をしている様子も描かれています。女房たちは前髪をお団子ヘアでまとめて櫛を挿しているのですが、これはいわば古代風の儀式で用いられるような髪形だったのです。本人も流行おくれの服を着ているわ、女房たちも奇妙で古風な髪形をしているわ、光源氏は「何なんだよこの姫の邸は」と、ドン引きしてしまったのです。

見た目では不幸にならない？

しかし面白いなと私が感じるのは、光源氏が、末摘花を「決して見ていないふりをして、見ている」ことです。**末摘花の容貌がぎょっとするものだったことは強調されていますが、光源氏は決してそれを彼女に伝えていません。**この後も、末摘花が容姿の悪口を言われる描写はないのです。

平安時代、高貴な女性の容姿は、父や夫以外の異性に見られることはありませんでした。末摘花の場合もまた、肉親以外で彼女の容姿を見た男性は、生涯、光源氏以外存在しなかったでしょう。そう、末摘花の容姿が酷いことは強調されているものの、決してそれを理由に、彼女は蔑まれることはなかったのです。なぜなら、見られないから。

末摘花は傷つかない

末摘花のエピソードを読むたび、私は「容姿の美醜とは何だろうか」と考えます。『源氏物語』は、まごうことなく容姿の美醜を多分に利用した物語です。主人公からして「光り輝くような容姿の少年」だったわけですし、あの女性は美人だ綺麗だと、さまざまな容姿の描写が綴られています。

しかし一方で、「美しくないから傷ついた」女性は、登場しないのです。

美しいことは、プラスの評判を生む。けれど、美しくないことが、マイナスの評判を生むことは、少なくとも『源氏物語』で存在していません。

末摘花のように、容姿が原因で、男性から内心蔑まれる女性は登場します。しかし末摘花自身は、そのような容姿の評価を受けていることを、ついぞ知ることはありませんでした。なぜなら光源氏は、それを口に出さなかったから。

「美しくない」と言われて傷つくのは、なぜか。それは、他人に評価されることでしか自分を評価できないからです。自分で自分の容姿は見えない。自分で自分の容姿を評価することはできない。だから、他人の評価が絶対になってしまって、悪い評価を下されると、傷つく。

一方で、末摘花のエピソードを読むと、他人が悪い評価を伝えさえしなければ、自分の容姿がどうであれ、それについて悩むことはなくなるのでは？　と思いますよね。昨今は他人の容姿について触れるのはデリカシーがない、マナー違反だ、という言説が広がっていますが、私はそれは正しいことだなあと感じています。他人が内心どう感じていようと、それを伝えられなければ、傷つくことはないのです。

光源氏はどうしようもない男だな……と心底感じます。さらに、末摘花の容姿をここまで酷く描く紫式部も、ちょっとどうなのよ、と言いたくなる人もいるかもしれません。が、光源氏は、末摘花に容姿について何も伝えなかった。思っていても、何も言わなかった。だからこそおそらく生涯末摘花は自分の容姿について思うことは何もなかったし、それが理由で傷つくこともなかったのではないでしょうか。

こういうところが光源氏の愛される理由なのでしょう。

平安時代のシンデレラこと末摘花

ちなみに時系列で整理すると、第5帖「若紫」で紫の上と出会った時期と、第6帖「末摘花」で末摘花と出会った時期は、ほとんど同じ。しかし末摘花の手紙がなかなか来なかったり、「若紫」で光源氏は藤壺と密会したりしている間にときは少し流れ、末摘花と関係を持ったのはその少し後（第6帖の最後）になります。第7帖「紅葉賀」で藤壺は光源氏の子を出産しているため、第6帖から半年〜1年が経ったことがわかりますね。

そして鼻の赤いヒロインこと末摘花は、『源氏物語』後半でも再登場します。

第15帖「蓬生《よもぎう》」では、須磨から京へ帰ってきた光源氏が、困窮する末摘花を発見します。彼女は父親の言いつけを守り、古い物語を読んだり古い歌を読んだりしながら古い家に住む古めかしい女性として生きていました。しかし父も亡くなり、「そろそろあなたも働きに出なさいよ」と叔母に言われていた末摘花は、ひとりで光源氏を待っていたのです。

光源氏も「今時、こんな一途な女性がいたのか……！　こんな女性を放っておくなんて、私はなんて薄情者だったんだ！」と胸キュン。彼女を自分の邸の近くに住まわせ、光源氏が今後も面倒を見ることを決めるのでした。

この展開には世間も女房も末摘花もびっくり。

末摘花のお世話をする人のことまで、光源氏は手配してくれた。

それまで蓬《よもぎ》や葎《むぐら》の生い茂る荒廃した邸に住んでいたのだ。末摘花は「信じられない」と身に余る光栄に震えていた。そして女房たちも驚きつつ、「姫様〜〜!!」とばんざいした。

「光源氏という男は、普通の女性には目もくれない。たとえ一夜の遊びであっても、超一級品の女性でないと、相手にされない」という噂が都中に流れていたのに。実際はこんなにも丁寧に末摘花の世話をしてくれた。彼は普通ですらない女性を、ものすごく大切に扱っていた。

彼が本当のところ、どんな考えを持っていたのかは、誰にもわからない。

……もしかすると光源氏と末摘花の間にあったのは、前世からの因縁、ってやつかもしれない。

人々の上までおぼしやりつつ、とぶらひきこえたまへば、かくあやしき蓬のもとには置き所なきまで、女ばらも空を仰ぎてなむ、そなたに向きてよろこびきこえける。なげの御すさびにても、おしなべたる世の常の人をば目とどめ耳たてたまはず、世にすこしこれはと思ほえ、ここちとまる節《ふし》あるあたりを尋ね寄りたまふものと人の知りたるに、かく引き違《たが》へ、何ごともなのめにだにあらぬ御ありさまをものめかし出でた

＝まふは、いかなりける御心にかありけむ。これも昔の契りなめりかし。（「蓬生」）

実は『源氏物語』でもっとも順当なシンデレラストーリーを歩んだのは、末摘花かもしれません。

今日のおさらい

変わった容姿で光源氏に驚かれた女性は、「末摘花」。

14日目

☆自己肯定感も関係性のカギ

読む帖：第11帖「花散里」、第25帖「螢」

シリアスな展開に疲れたところで、花散里

末摘花と並んで、「古風な女」として登場するのは、花散里《はなちるさと》。末摘花が酷い描かれようのわりに、それに対して傷ついていなそう。対して、花散里は良い女性だと描かれているわりに、なんだか自尊心が低そうに見える。そんなふたりの対比は、『源氏物語』の面白いところです。

花散里はそもそも、桐壺帝の妻である、麗景殿《れいけいでん》の女御の妹でした。

花散里と光源氏の出会いは描かれていません。花散里と光源氏は一度関係を結んだもののの、その後関係がなくなっていたらしいのです。ふたりの関係が『源氏物語』にはっきり登場するのは、第11帖「花散里」になってから。

ちょうど第9帖「葵」で葵の上との別れを経験したり、第10帖「賢木」で桐壺帝が亡くなったり藤壺が出家したりと、物語も波瀾万丈な展開を迎えていたタイミング。光源氏自身も、人との別れに傷つき、「もう出家したいかも」とぼやいています。これは書かれていませんが、「ああ、生霊とか出家とかしない優しい女性に癒やされたい……」と光源氏も思っていたのではないでしょうか。

そこで登場したのが、花散里。彼女は全編通して、優しくて穏やかで包容力のある女性として描かれています。

「生霊だの出家だの展開がシリアスすぎる、ちょっと落ち着きたいぞ」と読者も光源氏も思っているタイミングで彼女は登場するのですね。そんなわけで第11帖「花散里」は、まるで番外編のような穏やかな短編物語となっています。

橘の香りとなつかしい女

第11帖では、父の崩御や藤壺の出家に傷ついていた光源氏が、ふらふらと麗景殿の女御と花散里の住む邸へ向かいます。

そして邸で、麗景殿の女御と、亡くなった桐壺帝の思い出話を交わします。**そういえば、ここには昔の女がいるぞ、と光源氏は気づく。**

――季節は五月、さわやかな初夏。思い出話をするふたりの傍ら。庭の木陰から、風に誘われたのか、橘の香りがふわっと薫ってきます。そして、ほととぎすが鳴くのです。

橘の香りがなつかしくて、ほととぎすと一緒に私も橘の花の散るこの邸にやってきたよ

＝ 橘の香をなつかしみ郭公《ほととぎす》花散る里をたづねてぞとふ（「花散里」）

巻名や花散里の呼称は、この和歌から来ています。ちなみに「橘」といえば、有名なのがこちらの和歌。

＝ 五月になると咲く橘。その香りをかぐと、昔好きだった人の袖の香りを思い出すねえ

＝ 五月《さつき》待つ花橘の香をかげば昔の人の袖の香ぞする（『古今和歌集』詠み人知らず）

古い歌でとても有名なので、平安時代にはもう「橘の香り」といえば皆この歌を連想するようになっていました。**そのため光源氏も「橘の香り＝なつかしい誰かを思い出すもの」という前提のもとに、歌を詠んでいるのです。**

花散里という女性と、橘の香りが結び付いている。それ自体、私は紫式部のキャラクター設定が光っているなあ、と感じます。

つまり花散里とは、穏やかで包容力のある女性。そう、どこか感じられる「なつかしさ」が彼女のモチーフです。

花散里との出会いが描かれないのは、『源氏物語』における彼女を、常に「いつでもそこにいてくれる、なつかしい母のような女性」として登場させたかったからなのかもしれません。橘の香りのする、なつかしい女性。それが花散里という女性なのです。

謎の女・中川の女

ちなみに第11帖「花散里」は、普通に読むと「ん？」と首を傾げるところがあります。それは、**「中川の女」という謎の女が登場するところ……**。

光源氏が花散里たちの邸に向かう前、光源氏はほととぎすの鳴き声に誘われ、ある邸の前で牛車を停めます。「一度関係を持った女性の邸だ」と気づいた光源氏は、彼女に歌を詠みます。そして彼女から返歌も贈られますが、その内容は「今更来て、いったい何!?」とちょっとつれないものでした。光源氏はすごすご退散し、花散里たちの邸に向かうのです。

この女性の家が「中川のあたりにあった」と書かれているので、彼女は「中川の女」と呼ばれています（この後にも先にも彼女は登場しません）。ちなみに中川というのは、別荘の多かった地域。現在の梨木《なしのき》神社のあたりとされ、紫式部もここに住んでいたと言われています。

しかし、普通に読んだら「中川の女、登場する意味あった!?」と首を傾げてしまいますよね。花散里と関係なくない？　と。

ですが実はここに『伊勢物語』を補助線として引くと、納得できるものがあるのです！　『伊勢物語』第60段に、前述した「五月待つ花橘の香をかげば昔の人の袖の香ぞする」という歌が登場します。**とっくの昔に別れたと思っていた元夫と偶然出会い、「五月待つ花橘の香をかげば昔の人の袖の香ぞする」と詠まれた女性が、「今はもう別の男性の妻になったのに……」とつらくなって尼になってしまう話です。**

考えてみれば、第11帖「花散里」は、光源氏から放置されてもまだ関係を続ける女性・花散里と、光源氏から放置されたらもう二度と関係を持とうとしない女性・中川の女が対比されています。『伊勢物語』第60段は、夫から放置された妻が、別の男とすぐに結婚してしまう話。これを踏まえると、中川の女には、もしかしたらもう別の男がいたのかもしれません。その気配が濃厚です。

しかし花散里は、『伊勢物語』第60段の女性にも、中川の女のようにもならず、光源氏をゆったりと待ってくれていた。久しぶりに来た光源氏に驚きながらも、微笑みながら受け入れてくれた。

『伊勢物語』や中川の女のエピソードを踏まえると、さらに花散里のキャラクターがわかる構成になっているのですね。

花散里の自尊心の低さと、光源氏の自尊心の高さ

ちなみに「花散里」の後も、彼女は『源氏物語』にしばしば登場し、光源氏とも息の長い夫婦生活を続けていきます。『源氏物語』全編を通して、ここまで平穏な関係を光源氏との間に築いたのは、彼女だけでは？　と思うほど。花散里は嫉妬めいたことも光源氏に伝えず、光源氏も花散里のことはずっと頼りにしていました。

しかしだからといって、花散里が幸せだったのかと言われると。「どうなんだろうなあ」と私は複雑な気分になってしまいます。

というのも、たとえば花散里の和歌を眺めてみると、なんだか花散里は自分を卑下することがとても多いのです。それこそ冒頭に述べたように、末摘花とは対照的に。

第25帖「螢」において、花散里と光源氏は久しぶりに一緒に夜を過ごします。しかしもはやふたりは男女の仲ではありません。寝床も別々、そんな状態に光源氏は「こんなに私たちの仲は冷めてしまったのか……」としみじみ感じてしまう。そこで花散里は、歌を詠みました。

「馬も食べない草なのに、今日は節句だからか、
菖蒲《あやめ》の私を選んでくださいましたね」

と花散里はおっとり歌を詠む。謙虚な彼女らしい歌に、光源氏はキュンとした。

「カイツブリのように、ずっとあなたのそばにいる若い馬は私ですよ。
菖蒲のようなあなたと別れることなんてありませんから」

……光源氏の返歌には、デリカシーというものが存在しない。

さすがに気まずかったのか、光源氏は冗談めかして「ま、ずっとそばにいるわけじゃないですけどね。でも信頼し合ってるから、お互い心穏やかな関係を築けていますよね」と言う。

しかし花散里はこの冗談を真剣に受け取ったらしい。しんみりと「そうですねえ」などと呟いた。

そしてふたりは眠る時間になった。御帳台《みちょうだい》の寝床は光源氏に譲り、ふたりの寝る場所は几帳で隔てられた。花散里は「今さら、夫婦の関係になるなんて無理だわ……お似合いでも何でもないし」と思っている。そして光源氏もそれをわかっているから、

夜に誘うこともなかった。

その駒もすさめぬ草と名に立てる
　汀《みぎわ》のあやめ今日や引きつる

とおほどかに聞こえたまふ。何ばかりのことにもあらねど、あはれとおぼしたり。

にほどりに影をならぶる若駒《わかごま》は
　いつかあやめに引き別るべき

あいだちなき御ことどもなりや。朝夕の隔てあるやうなれど、かくて見たてまつるは心やすくこそあれと、たはぶれごとなれど、のどやかにおはする人ざまなれば、静まりて聞こえなしたまふ。床《ゆか》をばゆづりきこえたまひて、御几帳引き隔てて大殿籠《おほとのごも》る。気近《けぢか》くなどあらむ筋をば、いと似げなかるべき筋に思ひ離れ果てきこえたまへれば、あながちにも聞こえたまはず。（「螢」）

私はもう、この個所を読んでいて、花散里が和歌のなかで自分を「**その駒もすさめぬ草（馬も食わない草＝男にモテない私）**」に喩《たと》えるのが本当につらいんですよ……！　花散里にそんなことを言わせないで！

しかし光源氏は、この比喩に何の違和感も持たなかったのか、むしろ「謙虚な歌で、いいね！」とグッときています。そして比喩にそのまま乗っかって「いやあ、若い馬の俺は、あなたみたいな草も食べたいっすよ！」と返すのです。ちなみに鳰鳥は『万葉集』の時代から、仲の良い夫婦に喩えられることの多い鳥です。

しかしこのときの光源氏は36歳、もう立派なおじさんで「若駒」でもなんでもありません。むしろ「螢」の帖では、若い玉鬘に言い寄り、嫌な顔をされるおじさんになってしまっています。**それでも彼は、花散里の謙虚さを前にすると、「若駒」に自分を喩えたくなる自信がわいてくるのでしょう。**

これが、光源氏と花散里の関係が長く続いた理由だったのではないか。私はそう思っています。光源氏はおじさんになっても花散里を前にすると自信を持てる。

しかし、それでいいのか光源氏！　花散里にそんな「その駒もすさめぬ草」なんて喩えさせないであげてよ！　その喩えをすんなり受け入れないであげて！　と私はこのエピソードを読むたび叫びたくなります。

花散里の自尊心の低さは、翻って、光源氏の自信回復にも繋がっていた。だから光源氏は、花散里を愛し続けた。だけどはたして花散里にとって、それは幸せだったのでしょうか？

「自尊心」つまりプライドは、『源氏物語』の大きな主題のひとつですが、花散里も実はその主題を反映する女性のひとりなのです。

今日のおさらい　なつかしい印象を残す光源氏の妻は「花散里」。

15日目

☆女性の運命に容赦なし……

読む帖：第12帖「須磨」、第13帖「明石」、第14帖「澪標」

朧月夜のドラマチックな展開

『源氏物語』のなかでもっともドラマチックな女こと朧月夜は、物語中もっともドラマチックな展開「光源氏、須磨へ落ち延びる」という出来事の契機をつくりだします。以前紹介したように、なんと光源氏との逢瀬の夜、朧月夜の父――右大臣が、寝室にやってきてしまうのでした。

パパが娘の几帳の中を覗くと、そこにいたのは光源氏。

この件に関しては、さすがに「尚侍の君はわれかのここちして死ぬべくおぼさる（朧月夜は呆然とし、死ぬかと思った）」と描写されています。「死ぬべく思さる」。そりゃそうだ。

一応、朧月夜の役職は、名目上「尚侍《ないしのかみ》」という「天皇のお世話役」です。そのため立場上は光源氏と一夜を共にしていても、罪でも何でもありません。が、さすがに外聞は悪すぎる。右大臣も黙っておけず、このことを他の人に喋ってしまいます。なかでも嘆きを聴いてもらったのが、娘の弘徽殿女御（このときはもう夫である桐壺帝が亡くなっているため、「弘徽殿大后」と呼ばれたりしましたが、分かりやすさのために弘徽殿女御と書きますね）。そして激怒したのが弘徽殿女御ですよ。あまりに怒るから右大臣が「こ、こいつに伝えたのが間違いだった」と思うほどに、激怒。

大切に育てた妹の将来が、誰より腹立たしい桐壺更衣の息子――光源氏によって、何度もめちゃくちゃにされる。天皇の正妻にする予定だったのが、光源氏と恋愛している噂が流れたから、尚侍（お世話係）にしたのに。今度は、尚侍になってからもやっぱり、光源氏と恋愛し続けている。外聞が悪いことこの上ない。このような弘徽殿女御の怒りはおさまらず、「もう光源氏に謀反の罪でも着せようかな？」と思うに至ります。

『源氏物語』冒頭から続く、桐壺更衣VS.弘徽殿女御の戦いは、光源氏VS.弘徽殿女御の戦いに引き継がれるのですね。

しかし光源氏からすると「おいおい、勘弁してくれよ」とげんなりしてしまいます。万が一謀反の罪を着せられてしまっては、本当に宮中での自分の地位はもう終わり。**さすがに罪を着せられる前に、自ら「反省しております」ポーズをとらなくてはいけない。そのために選ばれたのが、須磨へ居を移すことでした。**田舎に一時的に引っ込むことで、世間へ光源氏は贖罪《しょくざい》の意を表明する。

このあたりは本当に政治的な駆け引きによるもの。須磨へ行くきっかけは、単純に「天皇の妻と道ならぬ恋に落ちたから流罪を命じられた」のではなく、光源氏の「**良からぬ噂をこれ以上流されないように、ひとまず須磨で身を隠した**」という意図によるものなのです。原文を読んでいないと、意外と勘違いしやすいポイントですね。私も昔はよくわかっていませんでした。

明石の入道の欲望道

さて、須磨に渡った光源氏が出会うのは……**明石の君**という女性。

個人的には明石のパートは、明石の君よりも、とにかく明石の君の父親の印象が強い！ 明石の君の父、通称「明石の入道」は、とにかく娘を高貴な人と結婚させたい男なのです。昔見た「自分の娘は、高貴な方と結婚し、生まれた娘は天皇の母となるでしょう」という夢のお告げをずっと信じていました。そこにやってきた、光源氏。こんな高貴な方が、明石に来ることなど、もう金輪際ない！ **明石の入道はどうにかして明石の君と光源氏を結婚させようとするのです。**

出家し、仏道に入っているはずなのに、煩悩まみれではないか……と思うかもしれませんが。明石の入道は明石でとにかく稼ぎ、蓄財してきた男です。彼は都で内大臣として生きる道もあったのに、「明石で娘が高貴な方と結婚し、生まれた娘が天皇の母になる」という夢を信じて生きてきたという過去があった。そんな夢を見たから彼は、明石にわざわざ引っ越し、大金持ちとして暮らすことを決めるのです。というわけで明石の君も、**田舎ではありえない「天皇の祖母になっても恥をかかない」貴族の教養教育を受けて育ってきたのでした。**明石の入道のこの目的遂行能力、なかなかやり手の男です。

須磨の嵐と明石の君との出会い

須磨で蟄居《ちっきょ》していた光源氏でしたが、ある嵐の日、須磨の屋敷が壊れてしまいます。どうしよ～と呆然としていた光源氏を救ったのが、明石の入道――「明石にある我が家に来てください！　広いですよ！」と言い、娘に引き合わせたい父親なのでした。**光源氏としても、明石の君は「どうやら明石に大金持ちの娘で、とても教養ある素敵な女性がいるらしい」と噂になっていた女性。**まんざらでもありません。和歌を贈り、結局ふたりは夫婦になったのでした。

ちなみに読者としては、光源氏に対して「えっ、紫の上はどこへ行ったんだよ……！」と思わざるを得ません。なぜなら須磨に行く前、紫の上と光源氏は今生《こんじょう》の別れのような歌を詠み合い、そして光源氏は須磨でしょっちゅう紫の上を想い涙していたから。しかし素敵な女性を紹介されてしまっては、手を出してしまうのが光源氏。明石の君も「ええっ、あなた私のこと、噂レベルでしか知らないのに……そんなアプローチかけてきて、そんで都に戻って疎遠になるんでしょう……？」と困惑しつつ、それでも父の意向には逆らえない。

明石の入道の思惑、光源氏の女好き、そのふたつの要素が重なった結果、光源氏と明石の君は夫婦になるのでした。

なぜかたった3人しかいない「光源氏の子」

光源氏はいろんな女性と関係を持っている割に(?)、子どもはたった3人しかいません。

まずは葵の上との間にできた子、**夕霧**。

そして藤壺との間にできた不義の子、のちの**冷泉帝**。ただし彼が光源氏の息子なのは秘密。

さらに明石の君との間にできた子、**明石の姫君**。

……ちなみにこの後、表向きは女三宮と光源氏の間に子ども(薫)が生まれたことになっていますが、実は柏木《かしわぎ》と女三宮の間にできた血は繋がっていない子ですので、数えなくてよいでしょう。

というわけで、**光源氏との間に子どもをつくった、たった3人の女性のうちのひとりが、明石の君となります。**

実は明石の姫君は、明石の入道が見た夢のお告げ通り、天皇の母となります。入内し、今上帝の中宮になり、男の子を生むのでした。明石の入道は孫が生まれたのを聞いて、満足して山に入る、という描写もあります。明石の入道は見事、夢で見た内容を遂行したのです。

そして出世がすごいのは、明石の君です。**田舎の地方公務員（国守）の娘だったのに、天皇のおばあちゃんにまでなってしまうのですから。**実は桐壺更衣と明石の入道はいとこで、そんな関係からも身分は高かったのですが、それにしても出世コース。『源氏物語』のなかで、もっとも成り上がったのは、実は明石の君ではないでしょうか。

のんきな源氏、紫の上の苦悩

しかし切ないのが、紫の上ですよ！　光源氏が許されて都へ帰ってきたと思ったら、なんと光源氏と知らない女性の間に子どもができているという始末。**自分との間にはついぞできなかった子どもを、あっさり光源氏は地方でつくってきたのです。**しかも、女性とのスキャンダルが原因で蟄居していたはずなのに！　光源氏は「うまくいかないものですねえ、できてほしいあなたとの間にはできず、できなくてもいい女性との間にはできてしまう」などと紫の上に笑って伝えますが、紫の上はあまりのショックに嫉妬を隠そうともしません。

夕方に藻塩を焼く煙の思い出、明石の君の和歌、夜に少しだけ顔が見えたこと、琴の音が素晴らしかった話……光源氏は須磨や明石の思い出を紫の上に語って聞かせていた。

しかし紫の上の胸中はいまにも張り裂けそうだった。

「私はあなたのことを思って、あんなに悲しく過ごしていたのに。あなたは楽しく遊んでたってこと？　女性と？　信じられない」

悲しくなった紫の上は光源氏に背を向けた。そして、

「私たち、昔は仲良しだったけれど、今はもう違う方向を向いてしまった」

と独り言のように呟き、歌を詠む。

二つの煙は違う方向にたなびいている……

こんなふうになるくらいなら、私は煙になるより前に死にたかった

光源氏は慌てて、

「そんなこと言わないで！

誰のために、私は海や山をさすらう流浪の身になったと思ってるの？

こんなつらい現世で、あなたを想って涙の海に浮かび続けているのに

どうしたらわかってくれるのか……長い目で見てよ、私がいろんなことに気を遣うのも最終的にはあなたのためなのに」

と言いつつ、一緒に琴を弾こうと、琴の音を鳴らし、誘ってみる。

しかし紫の上は明石の君が楽器の名手であることに嫉妬しているのか、琴に手も触れようとしない。

光源氏は少し意外に感じた。いつもは美しくおしとやかで穏やかな紫の上が、ここまで執念深く、嫉妬している。自分の浮気にぷんぷん腹を立てているのが、むしろ可愛いな、いいな、と光源氏は微笑んだ。

あはれなりし夕《ゆふべ》の煙《けぶり》、言ひしことなど、まほならねどその夜の容貌《かたち》ほの見し、琴の音のなまめきたりしも、すべて御心とまれるさまにのたまひ出づるにも、われはまたなくこそ悲しと思ひ嘆きしか、すさびにても心を分けたまひけむよ、と、ただならず思ひ続けたまひて、「われはわれ」と、うちそむきながめて、「あはれなりし世のありさま」と、独言のやうにうち嘆きて、

思ふどちなびくかたにはあらずとも

われぞ煙にさきだちなまし

「何とか。心憂《う》や。

誰により世をうみやまに行きめぐり

絶えぬ涙に浮き沈む身ぞ

いでや、いかでか見えたてまつらむ。命こそかなひがたかべいものなめれ。はかなきことにて人に心おかれじと思ふも、ただ一つゆゑぞや」

とて、箏《さう》の御琴引き寄せて、掻き合せすさびたまひて、そそのかしきこえたまへど、かのすぐれたりけむもねたきにや、手も触れたまはず。いとおほどかにうつくしう、たをやぎたまへるものから、さすがに執念《しふね》きところつきて、もの怨《ゑ》じしたまへるが、なかなか愛敬《あいぎやう》づきて腹立ちなしたまふを、をかしう見どころありとおぼす。

（「澪標《みおつくし》」）

紫の上のショックが全然光源氏に伝わってなさそう、と思いませんか？

現代でこそ不妊の苦しみはしばしば語られるようになりましたが、**平安時代に「光源氏最愛の紫の上に、子どもができない」という苦しみを描いた**紫式部はやっぱりすごいな、と私は思います。しかもその苦しみは、決して光源氏に伝わらない。光源氏は「ま、そういうこともあるよね」くらいに思っていますが、紫の上は「明石の君に自分は敵わないかもしれない」という嫉妬で苦しみ続けています。

その後、光源氏はなんと、再会した明石の君の娘を、紫の上に育ててほしいと頼みます。姫君の養育のためには、都で育てたほうがいいだろうという意図からです。紫の上も内心複雑ながら、子ども好きではあるので首を縦に振ります。……が、これって本当に紫の上にとっても明石の君にとっても残酷な展開ですよねえ……。

紫式部が綴った女性の物語には、容赦がない。千年経った今も、私は心からそう思っています。

今日のおさらい

スキャンダルを起こした光源氏が向かった土地・須磨で出会ったのは、「明石の君」。

16日目

☆人物の呼び方から、千年前の読者が見える

読む帖：第21帖「少女」

子どもたちに主役交代

さて、光源氏が明石から都へ帰ってきた後の『源氏物語』は、光源氏の子ども世代の物語がメインになります。

光源氏が明石から帰ってきたあたりから、第2の主人公として『源氏物語』を牽引するのが、彼の子どもたちです。

覚えていますか？　光源氏の子ども3人。夕霧、冷泉帝（※表向きは桐壺帝の息子）、そして明石の姫君。

まずは夕霧について見てみましょう。

たとえば映画の『ゴッドファーザー』シリーズや、マンガの『ジョジョの奇妙な冒険』のように、今でこそ主人公格が交代しながら物語が進んでいくことは王道になりましたが。千年前に、このような「主人公交代制」を採用した作家は、なかなかいないのではないでしょうか。しかし『源氏物語』をここまで長い物語たらしめたのは、ほかでもない主人公格が複数人いたから。

亡くなった葵の上との間にできた子ども・夕霧は、第2部の陰の主人公と言っても過言ではないのです。

ねちっこい優等生

ちなみに夕霧という名前は、作中で呼ばれることはなく、『源氏物語』の読者が勝手に名付けた呼称です。『源氏物語』には案外こういう呼称が多いのです。古典の世界はそもそも「名前を呼ぶ」という概念が希薄で、原文ではぼやっと「男」と言われることも多いんですね。このあたりの主語のわかりづらさが『源氏物語』を原文で読むハードルを上げていることは間違いないでしょう……。

ではなぜ読者が彼を夕霧と呼んだのかというと、彼が「落葉《おちば》の宮」という女性に詠んだ、恋の歌から来ています。

==ただでさえこの山荘は物寂しいのに、夕方に立ちこめる霧は、もっと私を寂しくさせる。都に帰らなくてはいけないけれど、いま出発する気にはなれないな

＝山里のあはれを添ふる夕霧に立ち出でむそらもなきここちして　（「夕霧」）

私はこの和歌をもって「夕霧」と彼を名付けた『源氏物語』読者と握手したくてしょう

がないのですよ！　どなたか存じ上げませんが、グッジョブ、わかるよ、と握手どころかハグしたい気持ちでいっぱいです。

なぜかというと、**夕霧というキャラクターの性格は、とにかく真面目で、それゆえにねちっこい**。

夕霧の恋人といえば、幼馴染で妻となった雲居雁《くもいのかり》、ふらっと惚れて妾にした藤典侍《とうないしのすけ》（なんと光源氏の側近である惟光の娘です）、そして落葉の宮の3人だけ。父親の光源氏と比較すると、夕霧がいかに真面目かわかります。が、真面目な優等生であるがゆえなのか、夕霧は一度好きになるととにかくアプローチが延々と続くことが特徴的です。しかも光源氏のように強引で鮮やかな口説き方ではありません。それこそ**夕方の霧のように、まとわりつくような（というと夕霧ファンに怒られそうですが）、執念……**。

まさに「山里のあはれを添ふる夕霧に立ち出でむそらもなきここちして」という和歌通り、「いや～いずれは私も都に帰るつもりではあるのですが、霧がすごいですから、帰れませんね……まだまだ……」というじっとりとした恋愛が描かれます。会ったらすぐに口説いていた光源氏や頭中将のような父親世代とは、まったく別のタイプの男性キャラクターです。紫式部はこういう男性を描くのもうまい。

コンプレックス強めの優等生

そもそも、光源氏という華やかすぎる父を持ったのが彼にとって良かったのか悪かったのか。とにかく光源氏は夕霧に対して「勉強しろ」と言う厳しい父でした。**大学寮に入れられ学問に励んで育った夕霧は、光源氏からあえて低い階位（六位。夕霧のような一世の源氏の子は、普通は四位くらいになるものだった）を与えられてしまいます。**

「父さんの七光りで調子に乗ったらだめだぞ、若い頃は真面目に勉強すべきだ」という光源氏からのメッセージらしいのですが。読者からすると「若い頃は調子に乗るな……って、どの口が言ってんねん」とツッコミたくてしょうがないですね。

さらに「なほ、才をもととしてこそ、大和魂《やまとだましひ》の世に用ゐらるる方も強うはべらめ（やはり学問をしっかり身につけた人こそ、政治家として大成するはず）」（21帖「少女《おとめ》」）と綴られています。博士の娘であった、勉強好きの紫式部らしい価値観ですね。政治家にはしっかり勉強しておいてほしい、と。

ですが一方で、このあと読んでいけばわかるように、**夕霧は勉強ができる割にまったく女心を介さない無粋な男として描かれるのです。**

つまり、「勉強ができる人こそ政治家になるべき」という価値観を描いておきながら、「とはいえ勉強ができてもモテるわけじゃないですよね」という価値観も打ち出している。

このあたりのバランス感覚が、『源氏物語』が普遍的な物語になっている所以だと私は思います。もちろん光源氏のように、漢籍も読めるし政治もうまくいくし女性にもモテる男も出てくるわけですが。

さてそんなわけで、六位という階級を与えられた夕霧は、父に低い身分にされたことを心底根に持っています。**受験勉強も大変だし、漢籍も真面目に読んでいるのに、なかなか認められない。**コンプレックス強めの優等生。それが夕霧という男でした。

最終的に彼は左大臣にまで出世するのですが、それはひとえに彼の努力あっての結果でした。光源氏のように女性関係でスキャンダルを起こしてどん底へ、なんてことも、夕霧はありません(ちょっとしたスキャンダルはありますが、政治生命には関係ない、かわいいもんです)。

官僚人生は低い地位からのスタートだったけれど、着実に努力を重ねて出世していった夕霧。彼の人生は、最初から身分も容姿もコミュニケーション能力も最上級だった華やかな光源氏の反転した姿だった……のかもしれません。

さわやかな青春ラブストーリー

そんな夕霧の初恋は、いわゆる「筒井筒《つついづつ》」の仲だった雲居雁。

何せ、夕霧がなぜ勉強も政治も頑張って出世したのかといえば、幼馴染だった雲居雁との仲を認めてもらうため。雲居雁の父・頭中将に、「六位なんて身分の低い男、娘はやらん」と反対され続けていたのです。

しかし**初恋の君である雲居雁との仲を認めてもらいたいがために頑張る夕霧**。なんともけなげな恋物語です。

ちなみになぜ頭中将が雲居雁と夕霧の仲を反対したのか。それはひとえに、どうにか雲居雁を天皇の妻にしたかったから。それが光源氏の息子とくっつくなんて、たまったものではありません。頭中将はなんと第21帖「少女」から第33帖「藤裏葉《ふじのうらば》」まで結婚に反対し続けています。長い。

しかし頭中将の反対にあっても夕霧はあきらめません。

「これじゃあ手紙も出せないよ」

内大臣の牽制によって、初恋の相手である雲居雁との交流を絶たれた夕霧。その日は、悲しくて夕食も喉を通らなかった。夜もなかなか眠れない。

みんなが寝静まった頃。雲居雁に会いたくて、夕霧は彼女がいる居間との間にある障子を開けようとした。しかしいつもは鍵がかかっていないのに、今日はしっかりと鍵がかかっている。誰かがいそうな気配もない。

なんだか寂しい。そう思って、夕霧は障子によりかかった。

すると、障子の向こうにいる雲居雁も目を覚ました。

起き上がってみると、庭の竹が風を受け止め、そよめく竹の音が鳴っていた。雁の鳴き声が、すこしだけ聞こえてくる。その様子を見て雲居雁は呟いた。

「あそこにいる雲居雁も私とおんなじで、悲しいのかしら」

なんて可憐なんだろう！　――その声を聴いた夕霧は、たまらなくなって、と叫んだ。

「この障子を開けてください。小侍従《こじじゅう》、いるんでしょう!?」

が、部屋は相変わらずシーンと静まり返っている。女房が出てくる気配はない（ちなみに小侍従とは、雲居雁の乳母のことである）。

驚いたのは雲居雁だ。

「えっ、あいつ、いたの!?　ひとりごとを聞かれちゃって恥ずかしすぎる！」

とあわてて布団をかぶった。

なんとも可愛い反応ではあるが、こうして少女は恋をして大人になっていった。


いとど文なども通はむことのかたきなめりと思ふに、いとなげかし。物参りなどしたまへど、さらに参らで、寝たまひぬるやうなれど、心も空にて、人静まるほどに、中障子を引けど、例はことに鎖し固めなどもせぬを、つと鎖して、人の音もせず。いと心細くおぼえて、障子に寄りかかりてゐたまへるに、女君も目をさまして、風の音の、竹に待ちとられてうちそよめくに、雁の鳴きわたる声の、ほのかに聞こゆるに、幼きここちにも、とかくおぼし乱るるにや、

「雲居雁もわがごとや」

と、ひとりごちたまふけはひ、若うらうたげなり。

いみじう心もとなければ、

「これ、あけさせたまへ。小侍従やさぶらふ」

とのたまへど、音もせず。御乳母子なりけり。ひとりごとを聞きたまひけるもはづかしうて、あいなく御顔も引き入れたまへど、あはれは知らぬにしもあらぬぞ憎きや。

（「少女」）

可愛い場面だと思いません!? 「会えなくて悲しいわ」と呟いているところを知られて、恥ずかしくて布団をかぶる雲居雁。「会いたいよー!」と叫んだけれど、シーンとして返答がこなかった夕霧。いやはや、初恋らしくて可愛いふたりです。『源氏物語』にこんなさわやかな10代の恋愛が描かれていること、もっと知られていいのでは!? と私はいつも思っています。夕霧と雲居雁の関係には、ひそかなファンも多いはずです。

実際、この場面について地の文（つまり紫式部の語り）は「あはれは知らぬにしもあらぬぞ

憎きや（恋というものを知らないでもないなんて、大人っぽくなっちゃって、しゃくにさわるな〜）」と評しているのです。読者も作者も「子どもなりに恋心があるんですね……」とにやにやする場面です。

しかし問題はこの後ですよ、この後。

こんな可愛い初恋が描かれている。が、それだけで終わらないのが『源氏物語』。紫式部の筆が乗ってくるのは、ここからです！

今日のおさらい

光源氏と葵の上の息子は、「夕霧」。

17日目

☆デリカシーの感覚はだいたい今と同じ

読む帖：第21帖「少女」、第39帖「夕霧」

平安時代のミスコン「五節の舞」

さて、頭中将パパによって「お前たちの結婚はゆるさーん！」と言われてしまった雲居雁と夕霧。

『ロミオとジュリエット』でも『伊勢物語』でも、親族に反対される若い恋は盛り上がるもの、というのが相場ですが……ところがどっこい、『源氏物語』の場合はまさかの展開を迎えます。

夕霧があっさり他の女性を愛人にしてしまうのです。

……おい！　夕霧！　そこは粘って雲居雁との純愛を貫くところだろう！　しかし**夕霧は、その年の五節《ごせち》の舞姫だった、のちの藤典侍を好きになるのでした。**

ちなみに五節の舞とは、毎年十一月の五節に、選ばれた女性が宮中で舞う芸能のこと。ちなみに彼女は惟光（光源氏の従者）の娘。美人だという評判を聞きつけて、光源氏が「うーむ、今年はとくに華やかな五節になるらしいから、惟光のところの娘はどうだ」と推薦したのでした。惟光は「ええっ、大切な娘をそんな人前にさらすような場に出すなんて！」と父親として迷惑がっていたのですが、光源氏の頼みは断れません。五節の舞姫になることは彼女のその後のキャリアにとっても悪くはないし、まあいいか、と了承したのでした。

今でいえば「きみのところの娘、うちのミスコンに出してくれない？」と上司に言われ、いやいや領いた部下ですね。

距離感がわからない男・ミスター夕霧

そんな舞姫が夕霧とはじめて会ったのは、舞の稽古の休憩中。

牛車から大切に下ろされた舞姫は、妻戸《つまど》の座敷に屏風《びょうぶ》で隠された場所で休んでいた。そこが彼女の一時の休憩所だったのである。

夕霧は、そっと屏風の後ろから覗いた。彼女はだるそうに物に寄りかかっている。見てみると、ちょうど雲居雁と同じくらいの年齢の娘だった。しかし雲居の雁よりもすらりと背が高く、素敵な感じの女性だった。「え、正直こっちのほうが美人じゃない？」と夕霧は思った。暗くてよく見えないが、なんだか雲居雁にちょっと似ている女性と出会えたことににやついてしまう。心変わりというわけではないのだが、夕霧は彼女に思わず声をかけてしまった。

夕霧は着物の裾で音を立てた。

舞姫は「何!?」と驚いた。

「あなたが天上の豊受大神にお仕えするお方であっても、私はあなたのことをしめ縄で『私のものだ』と印をつけました。そのことを忘れないでくださいね。……ずっと前からあなたが好きでした」

と夕霧は歌を詠んだ。が、あまりにも唐突な恋歌である。

もちろん声は若くて美しかったが、舞姫は「誰やねん、キモすぎるわ」と怪訝《けげん》な顔をした。

舞姫が戸惑っているうちに、「姫様、化粧直しをしますわ」と女房たちがやってきた。夕霧は「ちっ、残念だなあ」と舌打ちしつつ帰っていった。

舞姫かしづきおろして、妻戸の間に屏風など立てて、かりそめのしつらひなるに、やをら寄りてのぞきたまへば、なやましげにて添ひ臥したり。ただかの人の御ほどと見えて、今すこしそびやかに、様体《やうだい》などのことさらび、をかしきところはまさりてさへ見ゆ。暗ければ、こまかには見えねど、ほどのいとよく思ひ出でらるるさまに、心移るとはなけれど、ただにもあらで、衣《きぬ》の裾《すそ》を引き鳴らいたまふ。何心もなく、あや

し と思ふに、

「あめにますとよをかびめの宮人も
　わが心ざすしめを忘るな
みづがきの」

とのたまふぞ、うちつけなりける。若うをかしき声なれど、誰ともえ思ひたどられず、なまむつかしきに、化粧《けさう》じ添ふとて騒ぎつる後見《うしろみ》ども、近う寄りて人騒がしうなれば、いとくちをしうて、立ち去りたまひぬ。

（「少女」）

いかがですか、もう和歌の時点で紫式部が夕霧をどういう男だと思っているか、よくわかるのではないでしょうか。**言うにことを欠いて、はじめて出会ってほとんど一目惚れした女性に「あなたは僕のものであることを忘れるな！」って。信じられません。**

夕霧は見た目は光源氏譲りの美青年で、もちろん声も素敵らしいのですが。そんな彼の容姿をもってしても舞姫に**「なまむつかしき（なんか気持ち悪い）」**と思わせる和歌の下手さ。

ちなみに和歌にある「しめ」とは、「しめ縄」のこと。現代でもお正月に飾ったり、神社で見かけるのではないでしょうか。要はしめ縄とは、神様のいる聖なる空間を、外界から隔てる結界なのです。五節の舞姫というみんなの美少女に対して、私がしっかり私のものとして外界と隔てるしめ縄をつけましたから、忘れないでくださいね！　という和歌を詠む夕霧。しかも初対面で、真昼間で、関係もなし。現代なら突然「きみはぼくのものだよ」と連絡を送るストーカーにならないか不安。

光源氏は夕霧にとにかく勉強せよと言ったのですが、女性の扱いはまったく教えてないのでした。

執着は止められない

舞姫は成長し、宮中に上がり、藤典侍として再登場します。結局夕霧とも付き合うようになり、やがて側室となり多くの子を産みました。で、このあたりは第33帖「藤裏葉」で描かれます。紫式部も「そろそろあの息子の話を片付けるか――」と思って書いたのかもしれません。

ちなみに同じく**第33帖「藤裏葉」でやっと夕霧と雲居雁は夫婦になります。**こちらも長い旅路でしたね。頭中将がとうとう根負けし、結婚を許したのでした。

というわけで、夕霧が主人公格になる帖は、第21帖「少女」、第33帖「藤裏葉」だけ……と思いきや、そんなところで『源氏物語』は終わりません！

盛り上がるのはここからです！

その名も、第39帖「夕霧」！

第39帖の夕霧は、親友の柏木（頭中将の長男）から、ある遺言を残されていました。それは、**「私の妻である、落葉の宮を頼む。よかったら見舞ってやってくれ」**というものでした。

つまり夕霧にとって、落葉の宮は、親友の妻だったのです。

彼女は実は朱雀帝の娘（のちに出てくる女三宮の異母姉）。要は皇族の女性なのです。皇女の結婚相手といえば皇族でなければいけないという決まりがあったものの、当時は藤原家が天皇の妻になる時代。それゆえに皇女は独身だったり、あるいは臣下と結婚したりすることが増えていたのでした。落葉の宮もそのような女性のひとりですね。

子どものいない、高貴な女性が、山荘でひとりひっそりと暮らしている。

落葉の宮に以前から気があってソワソワしていた夕霧は、なんとか用事をつけて、山荘に通います。——小野山荘と呼ばれるそこは、紅葉が美しく照り映え、庭で蜩《ひぐらし》が鳴き、垣根に咲く撫子《なでしこ》が風に揺れていました。なんだか都の庭園よりずっときれいだと綴られています。山荘に住む独身の女性にこっそり通う夕霧。そりゃあ、盛り上がってしまうよね……。というわけで実際夕霧はなかば強引に彼女へ迫ります。前日に紹介した「夕霧」の和歌、ここで登場。夕霧は落葉の宮へ「帰りたくない」と迫ったのです。

しかし落葉の宮は困惑します。「えっ、夕霧さまが私の家に来たのって、柏木が亡くなったことへのお見舞いではなく、男女の関係になりたいからだったの……？　こ、困った、やめてくださいよ」と彼女は拒否します。しかし夕霧は負けません。なんとふたりは明け方くらいまで「一夜を共にしよう」「嫌です、気分が悪いです、無理です」という押し問答を続けます。

夕霧、突然山荘にやってきたとは思えないしつこさ。汗びっしょりになりながら押し問答を続ける様子に、女房たちも呆れてしまいます。

突然アポなしでやってきて、いきなり泊まろうとする、女性からするとかなり迷惑な男性です（もちろん男女にかかわらず迷惑ですが）。このあたりの唐突さは、舞姫の頃から全然変わってない！　もっと女心を考えろ！　**皇女だった落葉の宮が、ふたりも続けて臣下の男性と結婚するなんて、外聞悪いことこのうえないだろう！**

ですがそんな冷静なツッコミは夕霧に届きません。落葉の宮に一目惚れした夕霧の執心は止まらない。落葉の宮は「せめて噂にならないよう、早く帰ってください」と嘆くばかり。それを見てはじめて夕霧は落葉の宮が嫌がっていることに気づき、「強引すぎたかな」と反省しつつ帰宅します。はやく気づけよって話ですね。

が、落葉の宮の山荘から帰宅した後、悲劇が襲うのです……！

この続きは、また明日！　夕霧編、面白すぎます！

今日のおさらい

夕霧の恋の相手は、雲居雁以外にも存在していた。

18日目

☆イケメンがモテないとき

読む帖：第39帖「夕霧」

どこまでも好感度の低い男・夕霧

というわけで親友の妻だった、山荘の女性こと落葉の宮を、強引に口説こうとした夕霧。これが手慣れた光源氏だったら、数日山荘に通うとか、あるいは風流な和歌を贈るとか、そういったスマートなモテ仕草で口説いていたのでしょうが……いかんせん彼は夕霧。**「はやく帰ってくださいよお！」と泣かれた朝。どうにか後朝《きぬぎぬ》の文《ふみ》を贈りますが、いまいち心のこもった和歌をつくることもできません。**

後朝の文というのは、男性が女性の家に行った翌朝贈る「昨日はありがとう」という旨を伝える手紙のこと。気のきいた和歌であればあるほど、好感度が上がります。現代でいえばデートの後にＬＩＮＥなどでお礼のメッセージを送るようなものですね。

落葉の宮は小野山荘で、母とふたり暮らしでした。落葉の宮の母である御息所は、「あなたは皇女なのに、あんな臣下の男と噂が立つなんて……！」と震えます。そして「娘に対して責任をとってくれ」という手紙を夕霧に送るのです。母は強い。

しかし落葉の宮の母からの手紙を、なんと夕霧の妻・雲居雁が、激怒して隠してしまうのです！

さて、雲居雁も第39帖「夕霧」時点では、今や7～8人の子どもの育児に追われる母となっていました。**彼女は自分のことを「古《ふ》りぬる人（年老いた人）」と自虐する年齢です。**ちなみに藤典侍も子だくさんでしたが、雲居雁も子だくさんですね。

もしかしたら勘が良い方は、すでにわかったかもしれません。夕霧が落葉の宮に惹かれた理由を……。

そう、実は夕霧が落葉の宮に惹かれたのは、おそらく雲居雁とのギャップにありました。雲居雁は少女だった頃から知っている初恋の君。しかし今や育児に追われ、所帯じみた化粧っ気のない女になってしまった。

一方で落葉の宮は、子どももおらず、しかも亡くなった夫・柏木には「お前は面白くない！」などと精神的DVだろうと思われる言葉をかけられており、なんだか幸薄そうで儚げな山荘の美人。真逆です。

しかし幼い頃から共に育ち、今は子育てを頑張る妻がいるのに、はじめての本気の浮気に走る夕霧。

『源氏物語』不人気投票をしたら、現代では彼がナンバー1になるのでは？　と思うほどのダメ男です。

娘の結婚相手にショック死

さて、そんな夕霧の浮気に、雲居雁は激怒。そして落葉の宮の母からの手紙を隠します。当然、夕霧は「返事の手紙が送れない〜!」と困ってしまいます。

しかし考えてみれば、前日の自分はとても強引だった。次の逢瀬は、がっつかずにもっとゆっくり伺ったほうがいいかもしれない。そう思い、夕霧は翌日山荘に向かわず、手紙も贈りませんでした。

このことにショックを受けたのが、落葉の宮の母こと御息所ですよ。普通、結婚の儀式とは男性が3日間女性の邸に通って成立するもの。なのに、2日目の晩に来ないということは、正式に結婚する気がないということ。……こんなに身分の高い娘に対して、なんて失礼なことをする男!?

「ああ、柏木もひどかったし、この男もひどい、なんで娘にこんなひどい男が寄ってくるの……! あなたは素晴らしい娘なのに!」

と落葉の宮に嘆きながら、**なんと御息所は、ショックのあまり死んでしまいます**。持病が悪化してしまったのです。

死ぬの!? と驚いた読者は私だけではないはず。きっと平安時代の読者も驚いたことでしょう。ちなみに夕霧も驚きました。

まさかそんなことになっていたなんて……と驚きつつ、夕霧は葬儀を取り仕切ります。そしてこのことがきっかけで、**夕霧と落葉の宮の仲は世間に知られることとなる**のでした。

「今すぐ死ね！」by 雲居雁

もちろん激怒するのは雲居雁。葬式を終え落葉の宮を一条の宮に戻した後、夕霧に対して荒れ狂った夫婦喧嘩を吹っ掛けます。『源氏物語』屈指の夫婦喧嘩シーンです。

「ここをどこだと思って帰ってきたのよっ。私はとっくの昔に死んだわ！　いっつもあんたに鬼って呼ばれてるから、いっそ本当の鬼になってやろうと思って」

と雲居雁は叫んだ。

「いや、あなたの心は鬼どころの話じゃないと思うけど……でもこんな可愛い鬼いないから怖がれないなあ」

と何食わぬ顔で夕霧は冗談を囁《ささや》く。雲居雁はますます「ハァ!?」と激怒した。

「急におしゃれして女性のまわりをうろうろしやがって、もうそんなやつと一緒になんていられない！　家を出て行きます！　金輪際私のことは思い出さないでね、ていうかこれまで何年も一緒にいたことが悔しい〜っ」

と叫んで起き上がった雲居雁は、頬が真っ赤になっていて、結構かわいい。

「ははは、可愛い鬼だなあ。もう見慣れちゃって全然怖くないよ。もう少し鬼っぽくなったらどう?」

夕霧は冗談でそう笑った。すると雲居雁の激怒は頂点に達した。

「なんてこと言うの。今すぐ死ね! 私も死ぬから! 見ても憎い、聞いても不快っ。かといって後に残すのも気にかかるし……っ」

そう叫ぶ雲居雁の可愛さに、夕霧は微笑んでしまう。

「うーん、私から離れても、冥土で私の噂が聴こえてくるかもよ。冥土でそんな深い縁を思い知ってももったいないでしょ。同じタイミングで冥土へ行くって、約束したでしょ?」

と、平然と言い放つ。そうして雲居雁をなだめていると、元来素直な彼女は自然と落ち着いてくる。「またこいつは適当なこと言って」と思いつつ、機嫌は直ってくるのだった。

しかしそんな雲居雁に好感を抱きつつ、夕霧はどこかで落葉の宮のことを考えるのをやめられなかった。

「あの方も、そこまで頑固なほうじゃないだろうけど……私との結婚を嫌がるあまり尼さんにでもなってしまったらどうしよう」

そう思うと落葉の宮が気になってしょうがなくなる。夕暮れを眺めていても、今日も手紙が来ないのかと悶々としてしまうのだった。

「いづことておはしつるぞ。まろは早う死にき。常に鬼とのたまへば、同じくはなり果てなむとて」

とのたまふ。

「御心こそ、鬼よりけにもおはすれ、さまは憎げもなければ、えうとみ果つまじ」

と、何心もなう言ひなしたまふも、心やましうて、

「めでたきさまになまめいたまへらむあたりに、あり経《ふ》べき身にもあらねば、いづちもいづちも失《う》せなむとする。なほかくだになおぼし出でそ。あいなく年ごろを経《へ》けるだに、くやしきものを」

とて、起き上がりたまへるさまは、いみじう愛敬《あいぎやう》づきて、にほひやかにうち赤みたまへる顔、いとをかしげなり。

「かく心幼げに腹立ちなしたまへればにや、目馴《めな》れて、この鬼こそ、今は恐ろしくもあらずなりにたれ。神々《かうがう》しき気《け》を添へばや」

と、たはぶれに言ひなしたまへど、

「何ごと言ふぞ。おいらかに死にたまひね。まろも死なむ。見れば憎し。聞けば愛敬

なし。見捨てて死なむはうしろめたし」

とのたまふに、いとをかしきさまのみまされば、こまやかに笑ひて、

「近くてこそ見たまはざらめ、よそにはなどか聞きたまはざらむ。さても、契り深かなる世を知らせむの御心ななり。にはかにうち続くべかなる冥途《よみぢ》のいそぎは、さこそは契りきこえしか」

と、いとつれなく言ひて、何くれとこしらへきこえなぐさめたまへば、いと若やかに心うつくしう、らうたき心はたおはする人なれば、なほざりごととは見たまひながら、おのづからなごみつつものしたまふを、いとあはれとおぼすものから、心は空にて、かれも、いとわが心をたてて、強うもののしき人のけはひには見えたまはねど、もしなほ本意《ほい》ならぬことにて、尼になども思ひなりたまひなば、をこがましうもあべいかな、と思ふに、しばしはとだえ置くまじう、あわたたしきここちして、暮れゆくままに、今日も御返りだになきよ、とおぼして、心にかかりて、いみじうながめをしたまふ。

（「夕霧」）


平安時代にも「いっそいますぐ死んでください（おいらかに死にたまひね）」って夫婦喧嘩で言うんですねえ……。私はもうこの夕霧と雲居雁の夫婦喧嘩シーンが面白すぎて、大好きなんです。いや、雲居雁からしたらたまったもんじゃないでしょうが。

なんせ雲居雁の激怒も迫力がすごい。「常に鬼とのたまへば、同じくはなり果てなむと て（いつも鬼って呼ばれてるし、本当に鬼になってやるわっ）」という場面なんか、現代語訳がいらないほどの気迫。

さらに、夕霧の「冥土に行っても私たちは縁が深いからきっと私の噂が聴こえてきますよ」という、よくわからない喩えのフォロー。夕霧ってこういうとき絶対に的確な比喩で慰めができない男なんですよ……。冥土に行って噂が聴こえてきたからどうだという話です。

でもその後に続く「すぐに続いて冥土に行くことは、約束したでしょう（にはかにうち続くべかなる冥途のいそぎは、さこそは契りきこえしか）」はストレートな愛の言葉。ここでようやく雲居雁も機嫌が直ったのかもしれませんね。

しかしこんな夫婦喧嘩の後も、「**いやー雲居雁はほんと素直だな、それに比べて落葉の宮は……いやそこまで頑固じゃないと信じてるけど、でも結婚めっちゃ嫌そうだったし、出家とかしかねないよなあ**」と考えているあたり、女の敵。まったく夕霧の好感度が上がりません。これが紫式部クオリティ。

ちなみにこの後、雲居雁は本当に怒って実家に帰ってしまいます。そんな雲居雁に呆れ、夕霧は子どもたちに「**母君の御教へになかなひたまうそ。いと心憂く、思ひとるかたなき心あるは、いとあしきわざなり（お母さんの言うことを聞いちゃダメだよ〜つらいねえ、思いや**

りのない人なんて良くないからねえ)」と言ったのです。……子どもに向かって「お母さんみたいになっちゃだめだよ〜」と言うなんて、日本の母親全員を敵にまわしそうな振る舞いをする夕霧。どこまでいっても夕霧です。

結婚が嫌すぎて ひきこもる 落葉の宮

そんな出家しかねない拒否っぷりの落葉の宮。なんと彼女の夕霧拒否は、「物理的に外へ出ずにひきこもる」行為に至っていました。落葉の宮は、夕霧と結婚することが嫌すぎて、邸の物置であるところの塗籠《ぬりごめ》に閉じこもってしまうのです。

平安文学広しといえども、**自ら塗籠に閉じこもって「結婚したくなーい!」と主張した姫君**はどれほどいたのでしょうか。どんだけ夕霧が嫌だったんだ。

しかし周囲は非情なものです。「そうはいっても夕霧の君と結婚したら身分が安泰ですよお」と落葉の宮を必死に説得にかかる女房たち。ちなみに存命の父・朱雀院に相談したときも同じ返事が返ってきていました。

それでも塗籠に強引に夕霧は入ってきます。いやだいやだと言い続ける落葉の宮。夕霧が「そこまで頑固じゃないだろう」と見立てていたのは何だったのか。はっきり言って『源氏物語』でもっとも頑固な女かもしれない、落葉の宮……。
塗籠に入ってもなお、あんまり嫌がる落葉の宮を見て、夕霧は思います。

「ううっ辛い。私はこんなに嫌われていたのか!? どんなに頑固な人でも、さすがにここまで近づけば受け入れるものだろう……と思っていたのに、この女性は岩や樹木のように硬い。前世からの因縁が薄くて、男嫌いになったのか……?」

いとうたて、いかなればいとかうおぼすらむ。いみじう思ふ人も、かばかりになりぬれば、おのづからゆるぶけしきもあるを、岩木《いはき》よりけになびきがたきは、契り遠うて、憎しなど思ふやうあなるを、さやおぼすらむ
（「夕霧」）

前世からの因縁じゃないわ、君が嫌なんだわ。と読者全員でツッコミを入れたいところです。本当に夕霧って、どこまでいっても、夕霧……。
というわけで苦労の末、夕霧と落葉の宮はやっと夫婦になったのでした。
落葉の宮は「夕霧に好かれてしまったばかりに……」とひたすらかわいそうだし、雲居雁と藤典侍に関しては「本当に夕霧でいいのか!?」と肩を揺さぶりたくなりますが、しかし夕霧は最後までぶれませんでした。

空気が読めないエリート男子こと夕霧。『源氏物語』のなかでは、光源氏の華やかな恋愛模様とは違ったタイプの恋愛を繰り広げてくれています。あんまり教育を厳しくすると、どこかで反動がやってくる、ということでしょうか。

でも夕霧の話、私かなり好きなんですよね。光源氏だとなまじ容姿も内面も双方モテ男だから、誰に対しても恋愛がうまくいってしまう。一方、夕霧は容姿はイケメンで学問を頑張るエリート男子の割に、恋愛になると女性たちから拒否されがち。

きっと紫式部も「は～光源氏が誰にでもモテるし誰でも口説く様子を書くのは飽きたわ、そろそろモテない男子を書きたい、そうだ、容姿は美しくエリートなのにモテない息子を書こう」と思ったのではないでしょうか。私の妄想ですが。「夕霧」の帖は存外長いのですが、作者の筆が乗っている感じがよく見て取れます。

物語中盤の隠れた魅力は、夕霧にあるのではないか？　なんて思う今日この頃です。

今日のおさらい

夕霧が落葉の宮に言い寄っていることを知り、雲居雁は激怒。

19日目

☆光源氏は爺さん／婆さんキラー

読む帖：第17帖「絵合」

「頭中将」の名前の分かりづらさ

『源氏物語』の何が混乱するって、登場人物の呼び名がころころ変わるところ。その最たる人物が、本日取り上げる男――頭中将です。

頭中将といえば、光源氏の親友。そして葵の上の兄弟であり、雲居雁の父であり、左大臣の息子でもあります。

しかし光源氏や夕霧や薫と違って、頭中将は確固とした呼称がないのです。だから「権中納言」「右大将」「内大臣」とか出世するたびに呼び名が変わり、最終的に「太政大臣」と呼ばれるようになるのですから、読者は混乱。今でいえば「部長」としか呼ばれないキャラクターのようなものです。そりゃ混乱します。

とはいえ、『源氏物語』ファンの間では、彼が光源氏の親友としてもっとも活躍していた時代の役職「頭中将」が彼の愛称になることが多いです。というわけで**本書でも彼のことを「頭中将」と呼び続けることにします。**しかし「頭中将」は役職（蔵人所の長官（頭）でありながら、近衛中将を兼務するときの呼称）なので、薫や夕霧とは呼称の質が違うことだけ覚えておいてください。

そんな頭中将、『源氏物語』序盤の若かりし頃は、とくに光源氏との関係性が描かれていました。

たとえば「雨夜の品定め」の場面で光源氏と共に「中流の女がいいよな～」と言ったり。光源氏と共に夕顔に恋をしたり（このとき頭中将は子どもをつくっていて、のちに玉鬘という美少女として登場します）。あるいは、源典侍《げんのないしのすけ》というおばあちゃんを暗闇でふたり取り合ったりしていました。若い頃のわきゃわきゃしたふたりの関係のファンだという『源氏物語』読者も多いはず。また光源氏が須磨に下ったときは、自分の立場も顧みず、須磨まで会いに来てくれたりしたのでした。男の友情が、濃い。

貴族界のスター、光源氏と頭中将の差

光源氏と頭中将は、共に貴族社会のスターでした。

第7帖「紅葉賀《もみじのが》」ではふたりの舞「青海波」を披露し、きゃーっと騒がれる。あるいは第8帖「花宴《はなのえん》」でも桜の宴（「南殿の花の宴」）でふたりはそれぞれ踊ってくれと言われ、舞を披露し、評判を呼ぶ。それにしても当時の貴族は即興で和歌も詠まなきゃいけないし舞も披露しなきゃいけないし、大変です。

さてそんな華やかな容姿のふたりですが、紫式部は明確にふたりの性格を描き分けています。これについては、作家の田辺聖子さんが面白い解説をしてくれているので、読

んでみましょう。

実のきょうだいの縁薄い源氏は、義理の兄弟でその渇きをいやされている。左大臣が、先日の花の宴のおもしろかったことをいい、宴のプロデューサーたる源氏の手配のよさ、舞いの美事さをほめれば、源氏は、

〈いや、殊更《ことさら》の用意もありません。それより何より頭の中将の『柳花苑』がすてきでした。後代の例になりそうだ、と拝見しましたよ〉

左大臣の喜びそうなことをいう。これは源氏の如才なさというより、婆さん育ちの源氏のやさしさ、人の気持に敏感で、喜ばせてやりたいという心から、頭中をほめるのであろう。このやさしさが、婆さんキラー、爺さんキラーに、源氏をさせるのであるが、こういう可愛い気は、頭中の全く持たないものの如くである。

（田辺聖子『源氏物語』の男たち』下、岩波現代文庫、153頁）

そう、頭中将は負けず嫌いで、プライドが高くて、他人のことを褒めるのが意外と苦手。しかし光源氏はそのあたりの世渡り術が本当に上手い。異性を口説くのが上手いというイメージがあるかもしれませんが、実は、年上に対する接し方もとっても上手なんですね。

しかしそのあたりの処世術の違いがあったからこそ、ふたりは仲良くなれたのかもし

れません。頭中将は光源氏より5歳ほど年上でありながら、それでいて負けず嫌いで、光源氏と熱く張り合っていた。一方光源氏は、キラキラした宮中のスターでありながら、自分と同じくらい身分も容姿も評判もほしいままにしている兄代わりの頭中将がいたからこそ、若い頃にのびのびと生きられた。――そんな関係がふたりの間にあるように、私には見えるのです。

正妻をめぐるバチバチの代理戦争＝絵合

さて、そんなふたりが父親になった『源氏物語』中盤。

光源氏と頭中将が真っ向から政治対決をおこなったのが――第17帖「絵合《えあわせ》」でした。

またしても名前が分かりづらいキャラクターの登場、なのですが。なんとここで、六条御息所の娘（覚えてますか？　伊勢の斎宮に選ばれて野宮に一時滞在していたあの姫君です）が美しく可憐な女性になって再登場します。

彼女は「梅壺女御《うめつぼのにょうご》」あるいは「秋好中宮《あきこのむちゅうぐう》」と呼ばれており、「梅と秋どっちなんだよ！」といろんな本を読むたび混乱するかもしれませんが、同一人物です。ちなみになぜ「梅壺女御」かというと、「梅壺」という局《つぼね》にいたから。なぜ「秋好中宮」かというと、「春と秋どっちが好き？」と光源氏に聞かれたとき「母の亡くなった秋が好きですわ」と答えたから。このエピソードでぜひ覚えてください。本書では「梅壺女御」と呼びますね。

さてそんな六条御息所の娘である梅壺女御ですが、**冷泉帝の妻として入内することになります。**冷泉帝といえば、表向きは桐壺帝と藤壺の間の子……ですが、実は光源氏と藤壺の子。藤壺は母として、まだわずか11歳だった冷泉帝を気にかけていました。

このとき妻となった梅壺女御は20歳前後ですが、10歳も違うふたりは「絵が好き」という共通点で気が合ったようです。冷泉帝は物語絵という、さまざまな物語が絵になっているものを眺めるのが好き。梅壺女御は絵を描くのがうまく、さらに光源氏の後ろ盾があるのでたくさんの素敵な絵を持っていました。

梅壺女御と冷泉帝の年の差の触れ合いは、藤壺から見たら、昔の藤壺と光源氏の仲の良さを見るようなものだったのかもしれません。『源氏物語』の面白さのひとつは、物語が繰り返されること、反復にあると先述しました。まさに梅壺女御と冷泉帝の関係は、母と子でなかったバージョンの藤壺と光源氏の関係のよう。そこにときの流れを感じてぐっときてしまいますね。

一方、**冷泉帝にはすでに妻がいました。この妻が、頭中将の娘！** 部屋の名前から弘徽殿女御と呼ばれていますが、光源氏と桐壺更衣を目の敵にした弘徽殿女御とは当然ですが別人です。混乱しますね。

さて、梅壺女御と冷泉帝の仲が良くなるにつれ、面白くないのは、頭中将。頭中将としては、「これで弘徽殿女御まで中宮（皇后）になれなけりゃ、光源氏に負けっぱなしだ〜！」と闘志を燃やします。

梅壺女御VS.弘徽殿女御という名の、光源氏VS.頭中将の代理戦争。それが、この帖の名前となる「絵合」でした。

情に訴える光源氏、強さを誇る頭中将

平安時代、貴族の間では「物合《ものあわせ》」という文化が流行していました。

さまざまな物——たとえば「歌合」「貝合」「薫物合《たきものあわせ》」など——の素晴らしい品を用意し、左右に分かれて、その素晴らしさを判者に決めてもらうのです。今回は「物語絵」を光源氏チーム（左）と頭中将チーム（右）に分かれて用意し、評価してもらうという遊びですね。ちなみに『源氏物語』以前に「絵合」をしたという記録は残っていないので、紫式部の創作ではと言われています。

これは遊びではあるのですが、実は立派な政治闘争。今回は、絵合によって、冷泉帝の中宮の座を競うようなものです。

これぞという絵を持ってきた両家は互いに譲らず、勝負は夜まで持ち越されます。そこで光源氏が渾身の絵を——最後に持ち出してくるのでした。

勝敗がつかず、夜になってしまった。光源氏のほうはまだ一枚絵が残っていた。

「え!?」と頭中将は動揺した。

——それは、光源氏が須磨で描いた、絵日記だったのだ。

もちろん頭中将が用意した最後の一枚も素晴らしかった。だが光源氏のような絵の天才が、これ以上ないというくらい、心を込めて描いた絵……それに勝てる絵なんて、この世にない。

審判の帥《そち》の宮をはじめとして、その場にいた誰もがしんみり泣き始めた。

たしかに光源氏が須磨へ下ったと聞いたときは、お気の毒に、と皆が思った。しかしこうして絵を見せられると、当時の彼の切なさや寂しさが胸に流れ込んでくる。

まるで須磨の風景が眼前に広がっているかのようだった。海の眺め、寂しい住まい、見慣れない浦、そして磯に至るまで、丁寧に描き出されていたのだ。


定めかねて夜《よ》に入りぬ。左はなほ数一つある果てに、須磨の巻出で来たるに、中納言の御心騒ぎにけり。あなたにも心して、果ての巻は心ことにすぐれたるを選《え》り置きたまへるに、かかるいみじきものの上手の、心の限り思ひすまして静かに描きたまへるは、たとふべきかたなし。

親王《みこ》よりはじめたてまつりて、涙とどめたまはず。その世に、心苦し悲しと思ほししほどよりも、おはしけむありさま、御心におぼししことども、ただ今のやうに見え、所のさま、おぼつかなき浦々、磯の隠れなく描きあらはしたまへり。（「絵合」）

いや、さすがにそれはずるくない⁉ と苦笑してしまう、光源氏の秘伝「情に訴えかける」の技！

そう、ここまでお宝としての絵画をさまざまに出してきた両者ですが。光源氏は最後の最後で「自らが政治的に失脚していた時代に描いた絵を差し出す」という技を繰り出すのです。これまで絵の客観的評価を競っていたのに、最後の最後で、情に訴えかける作戦！ しかも光源氏は何でもできる男。もちろん絵を描くのも天才的。それゆえ、須磨で寂しく暮らしていたときの切なさが、絵から皆に伝わってしまうのでした……。

こうして**光源氏側は勝利し、梅壺女御は晴れて冷泉帝の妻として、中宮となるのでした。**結果、秋好中宮という愛称もできたのですね。

頭中将も負けを認めていますが、それは頭中将に最後までなかった「みんなの情に訴えかける」行為が光源氏は天才的にうまかったところにあるのではないかと私は思っています。つまり頭中将は「この技は、私にはできない……『すごい絵』を出し続けて、我が家の強さを誇ることしか考えていなかった……」と彼を認めたのではないかと。自分の苦労をわざわざ見せて、情に訴えかけるなんて、きっと頭中将ならプライドが許しませんよね。

田辺聖子先生風にいえば、「婆さんキラー、爺さんキラー」である光源氏の立ち回りのうまさ。それこそが、光源氏と頭中将の差を最後につけてしまった。

頭中将にしろ六条御息所にしろ『源氏物語』を読んでいると、「プライドが高いほうが負ける」というこの世の真理を噛み締めます。

頭中将はプライドが原因で、最後まで、光源氏に勝てなかった。「絵合」の光源氏は、うわ〜ずるいな〜と思わせますが、やっぱり彼が平安時代に栄華を誇った理由もわかるのでした。

今日のおさらい

「梅壺女御」と「秋好中宮」は、同一人物。六条御息所の娘。

20日目

☆文化系男子と運動部男子の勝敗

読む帖：第25帖「螢」、第30帖「藤袴」、第31帖「真木柱」

『源氏物語』きってのモテる女・玉鬘

巻22～31の十帖は、「**玉鬘十帖**」と呼ばれています。

というのもこの十帖の主役は、玉鬘。彼女の結婚相手が誰になるのか？　玉鬘の結婚をめぐる物語が、光源氏や夕霧を巻き込みながら展開されています。

玉鬘といえば、夕顔と頭中将の娘。

それは光源氏が夕顔と出会う前のこと。第2帖「帚木」で、頭中将が「内気で素直な女性とのあいだに、娘まで生まれたのに、女性は正妻を怖がり失踪してしまった」と話していたのです。この娘こそが玉鬘。

亡くなった夕顔は光源氏にとっても忘れられない女性だったのでしょう。**夕顔の娘である玉鬘が見つかったときも、光源氏は喜んで引き取るのでした。**

夕顔も、頭中将と光源氏にすぐ言い寄られるくらいのモテる女性でしたが。娘である玉鬘もまた、信じられないくらいモテる女性。『源氏物語』中もっともモテる女といえば、実は玉鬘なのでは？　と私は思っています。

なぜってとにかく、モテるエピソードに事欠かないから。

たとえば光源氏に引き取られるきっかけも、それまで田舎でひっそり暮らしていたのに、あまりにも求婚する男性がやってきて、挙句の果てには強引に言い寄ろうとする男性まで現れる始末。これでは危険だわと思った乳母が、都会へ行きましょうと玉鬘を連れて上京したのでした。

あるいは光源氏に引き取られてからも、たくさんの男性から言い寄られます。光源氏がじりじりと玉鬘に言い寄っているのは、もういつものこととしても。蛍兵部卿宮《ほたるひょうぶきょうのみや》、鬚黒大将《ひげくろのたいしょう》、左兵衛督《さひょうえのかみ》、柏木まで求婚してきます。そして夕霧まで恋心を和歌で詠んでくる始末……。「夕霧、お前もか」と思ったかもしれませんが、夕霧もです。

ちなみに夕霧は、光源氏と玉鬘という親子同然のふたりが色っぽい近しい距離感でいるのを見てショックを受けます。「お、お父さんは女性なら娘同然の人でも手を出すのか!?　なんてことだ」とわなわな震えます。

しかし一応光源氏の名誉のために言っておくと、玉鬘とは最後まで寝てはいなかったんですね。……お誘いは何度もかけていましたが。玉鬘があんまり拒否するものですから、そこを強引にいこうとはしなかったみたいです。

というわけでここまでたくさんの男性から言い寄られるキャラクター、玉鬘以外いないのでは？　と思うほどに、彼女はモテる女性なのでした。

玉鬘にはなぜ山吹色なのか

なぜ彼女はそんなにモテたのか？

いろんな解釈があると思いますが、私は**紫式部が玉鬘に「山吹色」のイメージを与えていた**ところが面白いなあ、と感じています。

山吹色といえば、現代のマスタード色に近い黄色のこと。

たとえば、光源氏が年末に女性たちへ着物をプレゼントする場面（いわゆる「衣配《きぬ》り」）があります。そのなかで玉鬘に贈ったのは、赤と山吹色の組み合わせ。

＝

鮮やかな赤い袿《うちき》と、山吹色の衣装を、あの玉鬘には贈ったのだが（中略）

＝＝＝

曇りなく赤きに、山吹の花の細長は、かの西の対にたてまつれたまふを（後略）

（「玉鬘」）

さらに玉鬘の結婚が決まった後、光源氏は山吹の花が咲いているところを見て、玉鬘のことを思い出します。

三月になった。六条殿の庭に咲いた藤の花や山吹の花は、夕焼け時により美しく照り映える。

光源氏はその景色を眺めながら、そこに座っていた玉鬘のことを思い出していた。

そのため南にある春の庭は放っておいて、こっちの庭ばかり見る。

山吹の花が、竹の垣にさらっと咲きかかる風景が、本当にきれいだった。


三月になりて、六条殿の御前の、藤、山吹のおもしろき夕ばえを見たまふにつけても、まづ見るかひありてゐたまへりし御さまのみおぼし出でらるれば、春の御前をうち捨てて、こなたにわたりて御覧ず。呉竹《くれたけ》の籬《ませ》に、わざとなう咲きかかりたるにほひ、いとおもしろし。

（「真木柱」）


ちなみに夕霧も玉鬘のことを「山吹」と表現している箇所がありますし、紫式部としては玉鬘＝山吹色、というイメージで全編描いているのは確かなようです。

平安時代、山吹色は春に若い人が着る色でした（八條忠基『有職の色彩図鑑 由来からまなぶ日本の伝統色』淡交社、2020年）。つまり山吹色とは、春に咲き誇るような、いきいきとした若い美しさを表現していた。

玉鬘がなぜこんなにモテていたのか、さまざまな解釈があるでしょうが、咲き誇るような若くてぱっと華のある美しさこそが、彼女の愛される理由だったのではないでしょうか。『源氏物語』に美女はたくさん登場しますが、「影のなさ」「屈託のなさ」という点において、玉鬘は突出していたように思えます。

身分の低い女性を幸せにしたい

それにしても玉鬘といい空蟬といい、紫式部は「身分の低い控えめな美人」に優しい運命を用意しがちです。


空蟬は、光源氏との恋愛に苦しめられることもなく逃げられた。

あるいは玉鬘もまた、光源氏ではなく頼れる男性と結婚し、子どもに恵まれた。

紫式部は、身分の低い女性キャラクターを幸せにしがちなのです。

……実はこれが『源氏物語』が後世まで読まれた原因では、と私は思っています。身分の低い地方出身女性が光源氏に引き取られることで、さまざまな男性から求婚されるも、基本的に断っていく、という物語は『源氏物語』で反復されます。

身分がはっきりと固定されていた平安時代。たしかに階級を超えて男性を振る女性キャラクターを読むことは、当時の読者にとってはスカッとする展開だったのかもしれません。

後半で出てきますが、いわゆる「宇治十帖」のヒロインのひとりである浮舟もまた、身分の低い女性で求婚されながらも、最後は男性を拒否するキャラクターです。

そう考えると、**玉鬘といい、浮舟といい、『源氏物語』で複数の男性たちに言い寄られるキャラクターの身分は必ず低いのです。**

だとすれば玉鬘十帖は、いわば現代の「女性向けハーレムもの」と言えるのかもしれません。さまざまな男性が玉鬘に求婚し、玉鬘はいまいち誰に対しても乗り気でない、というハーレクイン小説のような展開が待ち受けているのです。

平安時代の人が玉鬘ハーレクインをどう読んだのか、ぜひ聞いてみたかったですね。

どこまでもかわいそうな文化系男子・螢兵部卿宮

さてそんな玉鬘には山吹色のイメージが付されていましたが、玉鬘十帖のなかでおそらくもっとも有名な場面においても、「黄色」が印象的に使われます。

玉鬘に求婚する男性のひとりに、螢兵部卿宮という男性がいました。ちなみに彼は身分が兵部卿宮なので、本当は単に兵部卿宮というのが正しいのですが、「螢」の帖があまりにも印象的なため読者が勝手に「螢兵部卿宮」と呼び始めた、という経緯があるのです。ちなみに彼は風流人で、文学や情緒を解する文化系男子。ちなみに「絵合」の帖でも審判をつとめていたのは彼です。

しかし彼が玉鬘に言い寄っているのを、父代わりの光源氏はにやにやして見つめていました。そしてある日、いたずらを思いつくのです。


玉鬘は困っていた。螢兵部卿宮がやたらめったら言い寄ってくるからだ。困ったなあ、なんて答えたらいいのかしら。そう困りつつ玉鬘が黙っていると、光源氏がさっと近寄ってくる。

そして彼は几帳の帷子《かたびら》を一瞬ふと上げた、――一瞬、辺りがぱあっと光る。

玉鬘は何が起こったのか、紙燭《しそく》に火をつけたのかと目を見開いた。

その光は、光源氏の計らいだった。

彼は螢を薄い布に包み、隠しておいた。そして玉鬘の世話をするのかと思わせて近づき、几帳を上げ、そこに螢を放ったのだ。

すると突然、玉鬘のあたりが明るく光る。彼女は驚いて扇で顔を隠す。

その横顔は、本当に美しかった。

光源氏は「こうすれば螢兵部卿宮も玉鬘の顔を見るだろう。きっと彼は私の娘だから口説いているだけだろうけれど、玉鬘は家柄だけではなく顔も姿も美しいんだぞ。そんなこと想像もしていないだろうから、ちょっと姿まで見せてやろうじゃないか」とにやにやして、こんなことを仕掛けたのだった。

しかし玉鬘が自分の娘だったら、こんな悪い冗談みたいないたずらをしただろうか？腹の立つ男である。

（前略）何くれと言長《こと》き御いらへ聞こえたまふこともなく、おぼしやすらふに、寄りたまひて、御几帳の帷《かたびら》を一重うちかけたまふにあはせて、さと光るもの、紙燭をさし出でたるかとあきれたり。蛍を薄きかたに、この夕つかたいと多くつつみおきて、光をつつみ隠したまへりけるを、さりげなく、とかくひきつくろふやうにて、にはかにかく掲焉《けちえん》に光れるに、あさましくて、扇をさし隠したまへるかたはら目、いとをかしげなり。おどろかしき光見えば、宮ものぞきたまひなむ、わが女《むすめ》とおぼすばかりのおぼえに、かくまでのたまふなめり、人ざま容貌《かたち》など、いとかくしも具したらむとは、えおしはかりたまはじ、いとよく好きたまひぬべき心まどはさむと、かまへありきたまふなりけり。まことのわが姫君をば、かくしも、もて騒ぎたまはじ、うたてある御心なりけり。（「蛍」）

そう、蛍がふわっと光り、玉鬘の横顔を照らす様子。ここまでも、黄色のイメージが玉鬘には付されているのです。

ちなみにこの後、案の定、蛍兵部卿宮は光源氏のいたずらによって、ますます玉鬘に夢中になってしまいます。かわいそうに。しかしやっぱり、玉鬘には振られてしまいます。かわいそうに。

色黒強引男子・鬚黒大将

こうして『源氏物語』でもっともモテる女子こと玉鬘は、とうとう帝にまで気に入られ、尚侍として宮中に上がることが決定します。嘘だろと諦めきれない男性陣は、求婚の和歌を玉鬘に贈るのです。要は、最後のあがき「和歌で決定！　玉鬘の夫の座を競う選手権」。男性たちの和歌のなかで、最終的に玉鬘が返事を送ったのは、文化人の蛍兵部卿宮でした。おめでとう、さすが文化人。素敵な和歌を詠んだ蛍兵部卿宮は、見事玉鬘の心を射止めたのです。さてそれでは彼の歌を見てみましょう。

光さす帝に接することになっても、葉に降りた霜のように消えそうな私を、忘れないでくださいね……。

朝日さす光を見ても玉笹《たまざさ》の葉分《はわけ》の霜を消《け》たずもあらなむ　（「藤袴」）

なんと蛍兵部卿宮は、この和歌を贈る際、霜がついたままの枯れた笹の葉をつけるのです。じ、**自分を喩えるのに「枯れた笹の葉」**って。弱い。弱すぎる。そしてこの日は初霜が降った日。そんな背景を踏まえると、どことなく和歌的趣向を凝らした気障《きざ》さも見えます。自信はないのにどこかキザ、というなんとも文化系男子らしい和歌。

しかし玉鬘は彼にこんな和歌を返します。

> 自ら光へ向かう葵でも、朝の霜を払いのけたりはしません。まして私は自ら帝のもとへ行こうとしているわけではないので、あなたのことを忘れたりはしませんわ。

> 心もて光にむかふあふひだに朝おく霜をおのれやは消《け》つ
> （「藤袴」）

なんと蛍兵部卿宮、かなり好かれているではありませんか！「藤袴」を読んでいる読者としては「おお〜玉鬘、この文化系男子を選ぶのね」とドキドキしたものでしょう。

しかし現実は蛍兵部卿宮に厳しかった。

次の帖である「真木柱《まきばしら》」に入ると、なんと鬚黒《ひげくろ》大将という鬚が濃くて色黒な男性が、玉鬘を強引に押し倒してしまうのです。和歌で返事をもらえなかった（実質、振られている）にもかかわらず、玉鬘の女房に強引に手引きを頼み、玉鬘に夜這いをしかけるという急展開。そしてそのまま玉鬘は、なんと鬚黒大将と結婚してしまうのでした。

玉鬘のハーレクイン物語は、鬚黒大将という強引で強烈な男性との結婚で終止符を打つのです。

……螢兵部卿宮は!?　と思ったそこのあなた。私も『源氏物語』の「真木柱」の帖を読んだとき、「いやいや彼の枯れた笹の葉はどうなったんだ！」と叫びました。しかし彼の和歌では、鬚黒大将の強引な手口には勝てなかったのですね。

風流を愛する文化系男子代表の螢兵部卿宮と、(今でいうなら)強引で色黒な運動部男子代表の鬚黒大将。結果として、螢兵部卿宮が和歌の返事を喜んでいる間に、鬚黒大将が強引な手口を使って、モテ女子・玉鬘と結婚するに至るのでした。

あなたはこの結論、どう思いますか？

どこまでもかわいそうな文化系男子こと、螢兵部卿宮。山吹色の女性に恋した思い出は、きっと彼のなかで初霜のような儚くきれいな記憶になっている……ことを私は願っています。

今日のおさらい

頭中将と夕顔の娘は、ずっと田舎で暮らしていた「玉鬘」。

21日目

☆源氏の親切に下心

読む帖：第27帖「篝火」、第29帖「行幸」

煙たがられる源氏おじ

『源氏物語』の面白さのひとつは、光源氏がモテモテだった若かりし頃を読者に見せておきながら、そんな光源氏が中年になり、年下の女性たちから煙たがられるようになるところまで描いているところ。ある男性の一生の栄枯盛衰を、まるまるすべて描く——なかなかそんなことができる作家はいません。紫式部にはどうしてできたんだろう？とたまに不思議になります。きっとすごく観察眼が鋭かったのでしょうけれど。

さて、そんな光源氏のおじさん化(?)を象徴する出来事のひとつが、**「玉鬘に相手にされない」光源氏**の様子が克明に描かれていることです。

たとえば第27帖「篝火《かがりび》」で、光源氏は琴を枕に、玉鬘に添い寝します。父親代わりとはいえど、なかなかきわどい距離感。そんなとき、消えかかっている庭の篝火にたくして、こんなふうに歌を詠むのです。

＝篝火のように立ちのぼる俺の恋の炎は、いくつになっても燃え尽きないよ

＝篝火にたちそふ恋の煙《けぶり》こそ世には絶えせぬ炎なりけれ

さあ、そんな源氏に対して、玉鬘はこう返します。

＝煙なら空に消えていくものでしょ、そのうち火も消えるんじゃないですか？

＝行方《ゆくへ》なき空に消《け》ちてよ篝火のたよりにたぐふ煙《けぶり》とならば

……読者、苦笑。まさに「煙に巻く」とはこのこと。

親代わりなのに、男女の関係に持ち込もうとする光源氏を、玉鬘は最後までやんわり拒否し、かわし続けたのでした。

尚侍を勧める、その心は？

第29帖「行幸《みゆき》」で、光源氏は玉鬘に、尚侍になることを勧めます。

尚侍は、後宮十二司のひとつで、内侍司《ないしのつかさ》（天皇に仕える女性たち）の長官です。つまり女官たちを束ねる役職ですので、宮仕えする貴族の娘たちのなかではトップの役職ではありますが……実は天皇の愛人になることもよくあるポジションなのです。

もちろん「中宮」や「女御」ほどの地位はありません。しかし天皇のお仕え女官のなかで最上位の地位にいる「尚侍」は、天皇と男女の仲になることがほとんど前提とされているのですね。というか、当時の女官たちは皆身分に限らず天皇の寵愛を受けて出世することを望んでいたようで、だからこそ桐壺更衣も最初は「天皇の寵愛を受けてきましょう！」と父と約束していたのです。結果として寵愛を受けすぎて周りからはいじめられるわ本人も病気になるわ、という事態になったのですが。

というわけで、光源氏が玉鬘に尚侍になることを勧めたということは、ほとんど「天皇の妻になりなよ」と言ったに等しいのです。

実際に玉鬘は、冷泉帝の豪華な行幸を見て、冷泉帝のことを「なんて威厳のある方なのかしら、素敵～」とうっとり。

だからこそ光源氏も尚侍として入内を進めようとした……というのはあくまで建前。

そう、**尚侍といえば、朧月夜の就いていた役職**。覚えていますか？　彼女が朱雀帝の頃に尚侍として入内したけれど、結局光源氏との関係を持ち続けていたことを……！

つまりは、光源氏は玉鬘に対してこれを狙ったのです。

親友にはバレた魂胆

光源氏の魂胆を見抜いたのは、旧友・頭中将あらため内大臣でした。

頭中将は、この頃には出世して内大臣になっていました。彼は玉鬘の実父（玉鬘は頭中将＝内大臣と、夕顔の娘です）。

玉鬘を入内させるにあたり、とうとう光源氏は「実は、彼女はお前の娘なんだ」ということを内大臣に打ち明けました。

「お、俺の娘！」という目で見た玉鬘は、とっても美しい。もうすぐ裳着《もぎ》（＝成人の儀式）を迎える玉鬘が美しく成長している姿を見て、父親としては感無量だったことでしょう。ちょうど裳着の儀式では、内大臣（元・頭中将）が父親代わりに腰結《こしゆい》という役割を担うことになり、玉鬘を近くで見る機会もありました。実際、近くで見てもやっぱり美しい。

そのとき、長年光源氏の親友であるところの彼は、ぴんときてしまったのです。

「光源氏が、こんな美しい娘を家において、手を出さないわけがない」と。

親友にはわかってしまうわけですね。そして光源氏が玉鬘を入内させようとした理由も理解したわけです。「お、お前〜〜〜」と。

つまり、玉鬘を引き取った以上、世間体もあるから、結婚させないわけにはいかない。

しかし普通の貴族と結婚させてしまっては、光源氏が玉鬘に近づくことはもうできない。だから、天皇の尚侍として入内させることによって**「表向きは女官だが、裏では光源氏と通じ続けている」立場であっても問題ない地位に据えるつもりなのだ……と。**

「ということは、光源氏ともう寝たってこと？　どうなんだ」と腹が立ってくる内大臣（元・頭中将）。安心してください、寝てませんよ……と読者としては言ってあげたいものでしょうが、ひとまず玉鬘の入内計画は進んでいきます。

セクハラに悩む玉鬘

しかし、問題がひとつだけありました。

玉鬘の心の問題です。自分は入内したとしても、結局はいま親代わりの光源氏に引き取られている身であって、とくに強い身分ではない。なのに尚侍になるだなんて、世間からも嘲笑されてしまうのでは？　田舎でずっと育ってきた私が、宮中なんてそんなハイソサイエティな世界に入って、やっていけるわけがないのでは？　このまま光源氏おじさんの言うとおりに従っていたら、不幸な人生が待っているのでは？　彼女の心の中は、そんな不安が尽きなかったのです。

無理もありません、**宮中に尚侍として入るなんて、貴族の娘のなかでももっとも強い**

身分の女性たちがおこなうこと。玉鬘が怖がるのも当然です。

そして何より、玉鬘も薄々光源氏の思惑に気づいていた。

「世間から、光源氏おじさんの女として見られるのは、嫌〜!」

と彼女は頭を抱えていました。実際、頭中将という本当の父親がいることを玉鬘に打ち明けてからというもの、光源氏はますます玉鬘を積極的に口説くようになっていました。親の役割はもう頭中将にまかせた、ということでしょう。

そんなふうに「どうしよう〜」と半泣きになっていた玉鬘のもとへ、もうひとり言い寄ってきます。

夕霧です。

今日のおさらい

光源氏は、引き取った玉鬘にアプローチするも、拒否される。

22日目

☆物語の急展開に要注意！

読む帖：第30帖「藤袴」、第32帖「梅枝」、第33帖「藤裏葉」

喪服を着た玉鬘に和歌を贈る夕霧

光源氏の息子・夕霧。またしても彼は美人な玉鬘にほとんど一目惚れしてしまいました。本当に夕霧って、五節の舞姫といい美人に弱い。そして**実の姉だと思っていたから恋心を抑えていたものの、実は姉じゃなかった！　と知った夕霧はいそいそとアプローチするべく歌を贈ります。**

が、玉鬘からすれば「入内、どうしよう」「光源氏おじさん、どうしよう」と悩んでいるところにいきなり光源氏の息子までやってきて、げんなり。「迷惑なんですが」としか言えない状況になっていました。

夕霧は玉鬘に、きれいに花開いた藤袴を持ってきた。そして彼は御簾《みす》の向こう側から、花を差し出した。

「お互い、同じ祖母の喪に服して、藤色の衣を着ている仲だし……藤の花を受け取ってほしいな」

花をぎゅっと握ったまま、夕霧ははなさなかった。玉鬘は「どういう意味だ、普通にお悔やみ申し上げますってことかな」と思いつつ普通にその花を手に取る――そのとき、夕霧は玉鬘の袖をぐいっと引いた。

「僕たち、縁あって同じ悲しい思いをしているから……
　藤袴に優しいことばをかけてあげてくださいよ」

玉鬘は「ゲッ」と不快に感じた。「夕霧、お前もか……」と思ったが、よくわかっていないふりをして、そっと身を引いた。

「えっ、でも私たち遠く離れた血筋ですよね？　縁があるなんてまたまた〜。
　こうしてお話しするだけの縁、以上です」

玉鬘がこう返すと、夕霧は、

「縁が浅いか深いか、きみはわかっているでしょう……？　とはいえ、僕はきみが宮中に上がる予定であることを知っているのです。ああ、なんて罪深い！　でもこの気持ちは止まらないのです！　こうして伝えたら『でも入内予定の身なので』と言われるかと思って、つらく、ぼくの想いは胸に秘めていた……けれど！　ぼくの身を尽くして！　あなたが好きなのです！　柏木という男性があなたにひどく言い寄っているようですね？　それを知ったときは『他人事だ』とぼくも思っていました。でも、あなたに恋をして、ああなんて浅はかだったのかと思い知った……！　いや、むしろぼくは柏木がうらやましい。なぜなら彼はあなたと血が繋がっていて、恋を諦めることができたんだ。いや、ぼくだって諦められるものなら諦めたいです、でもできないんです！　このぼくに優しくしてください……！」

などなど、ここには書ききれないくらい夕霧は懇切丁寧におのれの気持ちを語ったわけだが、作者の私もどうかと思うのですべては書かずにおこう。

玉鬘は部屋の奥に引っ込みつつ、「め、めんどいことになった……」と頭を抱えた。

そんな彼女に、夕霧は、

「ひどい人だ、ぼくが普段こういった過ちをおかさない男であることは、ご存じでしょう」

と言う。彼はもっといろいろ言いたいことがあったらしいが、

「体調が悪いので!!」と玉鬘が部屋の奥に引っ込んでしまった。

夕霧は悲しくなり、立ち尽くしていた。


　かかるついでにとや思ひ寄りけむ、蘭の花のいとおもしろきを持《も》たまへりけるを、御簾のつまよりさし入れて、

「これも御覧ずべきゆゑはありけり」

とて、とみにもゆるさで持たまへれば、うつたへに思ひも寄らで取りたまふ御袖を、引き動かしたり。

同じ野の露にやつるる藤袴
あはれはかけよかことばかりも

「道の果てなる」とかや、いと心づきなくうたてなりぬれど、見知らぬさまに、やをら引き入りて、

「尋ぬるにはるけき野辺の露ならば
薄紫やかことならまし

かやうにて聞こゆるより、深きゆゑはいかが」

とのたまへば、すこしうち笑ひて、

「浅きも深きも、おぼし分くかたははべりなむと思うたまふる。まめやかには、いとかたじけなき筋を思ひ知りながら、えしづめはべらぬ心のうちを、いかでかしろしめさるべき。なかなかおぼしうとまむがわびしさに、いみじく籠《こ》めはべるを、今は同じと思うたまへわびてなむ。頭の中将のけしきは御覧じ知りきや。人の上になど思ひはべりけむ。身にてこそいとをこがましく、かつは思うたまへ知られけれ。なかなかかの君は思ひさまして、つひに御あたり離るまじき頼みに、思ひなぐさめたるけし

きなど見はべるも、いとうらやましくねたきに、あはれとだにおぼしおけよ」

など、こまかに聞こえ知らせたまふこと多かれど、かたはらいたければ書かぬなり。

尚侍《かむ》の君、やうやう引き入りつつ、むつかしとおぼしたれば、

「心憂き御けしきかな。あやまちすまじき心のほどは、おのづから御覧じ知らるるやうもはべらむものを」

とて、かかるついでに、今すこしも漏らさまほしけれど、

「あやしくなやましくなむ」

とて、入り果てたまひぬれば、いといたくうち嘆きて立ちたまひぬ。

（「藤袴」）

長い、長すぎる口説き文句。長すぎて玉鬘は奥へ引っ込んでしまいました。

ここまで、夕霧の恋愛下手を知ってきた読者の皆様なら、おわかりいただけることでしょう……。これまでの人生、モテにモテてきた玉鬘に対して、夕霧が信じられないほどに頓珍漢なアプローチをしていることを……。

いやしかしこのあたりの夕霧の恋愛下手はさすがに紫式部も笑いながら書いているのでは？　恋愛上手な光源氏を書くときよりもずっと筆が乗っていないか？　と思ったりしています。**「こまかに聞こえ知らせたまふこと多かれど、かたはらいたければ書かぬなり」（直訳すると「夕霧がこまかくおっしゃることは多いが、みっともないので書かないのだ」）**という

記述。作者も夕霧に対して「夕霧、そもそも喪服でいるときに口説くんじゃない」というツッコミを入れているのでしょう。ちなみに当時は故人との縁の深さによって喪服の色が決まっていて、少し遠い縁である玉鬘は藤色の衣を着ていたのですね。

そんな彼女は、光源氏にも夕霧にも見向きもせずに終わったのでした。

入内前にたくさんのラブレターが届いていた玉鬘。女房たちが持ってくる和歌には見向きもせず、女房たちが読み上げるのを聴いていただけというのだからさすが『源氏物語』随一のモテ女子。しかしそんな玉鬘、前述したように、まさかの鬚黒大将という色黒の既婚者からほとんど強引に言い寄られ、そのまま妻になることになってしまいました。

これには光源氏もびっくり、みんなもびっくり。鬚黒の妻は怒って実家に帰ってしまうものの、玉鬘は宮中に向かうことなくあっさりと鬚黒の妻の座におさまってしまうのでした。

第1章はハッピーエンドを迎えるが……

この後、夕霧も雲居雁とあっさり結婚が許されます。ちなみに第32帖「梅枝《うめがえ》」では、明石の君の娘である、明石の姫君の入内が決まります。ばたばたと光源氏の息子・娘世代の結婚問題が片付いていくのですね。「梅枝」の帖では、華やかなお香をそれぞれの女性が調合する場面が描かれており、優雅な宮中の一場面が挿入されます。

こうして第33帖「藤裏葉」では、明石の姫君の入内シーンによって、光源氏の栄華ここに極まれり、というところまで至ります。

『源氏物語』第1章完結とでもいうべき、ハッピーエンドを迎えるのでした。

ちなみに「藤裏葉」の帖では、美しく育った明石の姫君を前に、明石の君と紫の上が対面し、ある種の和解を迎える場面があります。

このとき、光源氏の地位は、准太上天皇となります。

太上天皇に准じた待遇のことを指すこの地位は、そう、天皇でも臣下でもない——「桐壺」の帖の伏線を回収するのです。

光源氏の物語はこのハッピーエンドでめでたし、めでたし……かと思いきや、そうは問屋が卸しません。それが紫式部の恐ろしいところ。『源氏物語』はまだまだ続きます。

今日のおさらい

夕霧も、玉鬘にあっさり振られる。

23日目

☆インスタ映えする、恋の始まり

読む帖：第34帖「若菜上」

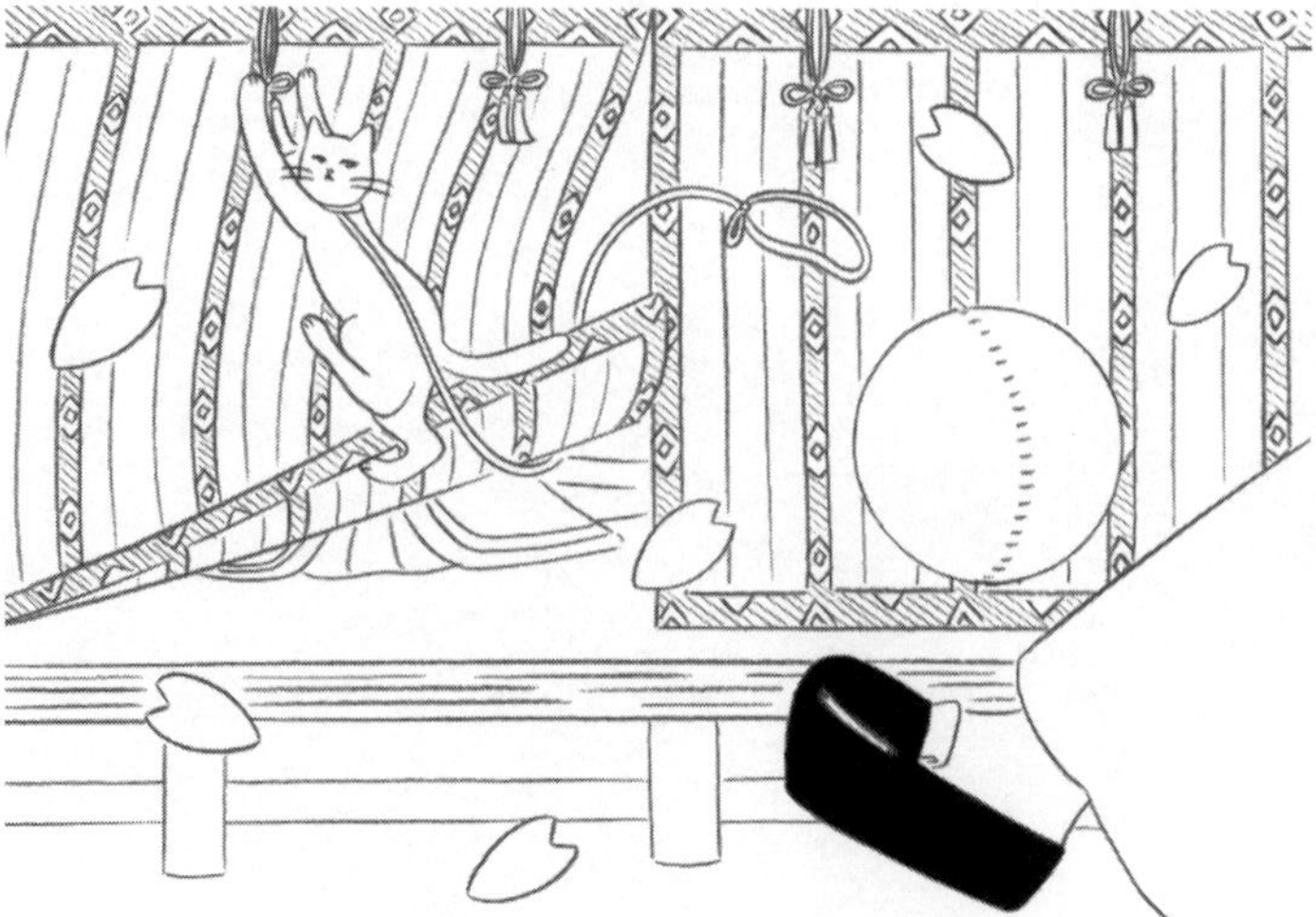

破壊的ニューヒロイン

さて、『源氏物語』の物語としての迫力が増すのが、ここからです。第34、35帖「若菜上」「若菜下」では、ニューヒロイン女三宮が登場します。彼女は光源氏にとって、他のヒロインにはない破壊的なインパクトをもたらすことになります。

彼女の父親は朱雀院（亡くなった桐壺帝と弘徽殿女御の息子）。病気がちになったとき、「娘の結婚相手だけはきちんと手配しておかないと……！」と思った父。しかし女三宮の身分はなんせ天皇の娘。そんじょそこらの貴族では身分のつり合いがとれません。

そこで白羽の矢が立ったのが、光源氏。あくまで「親代わりに」結婚してはどうだろう、と女三宮の乳母や朱雀院は言います。

その話を聞いた光源氏は内心、思うのです。

女三宮さまの母親は、藤壺の宮さまの妹だろう……？

藤壺の女御（女三宮の母）は藤壺の宮に次いで美しいという評判だし。まあ血筋からして、朱雀院さまと藤壺の宮さまのどちらを継いでも美しいに決まってるだろ。

この皇女《みこ》の御母女御《ははにょうご》こそは、かの宮の御はらからにものしたまひけめ。容貌《かたち》も、さしつぎには、いとよしと言はれたまひし人なりしかば、いづかたにつけても、この姫宮、おしなべての際《きは》にはよもおはせじを（後略）
（「若菜上」）

……結局、「藤壺の宮の血を継いでいる」ところにぐっときているのか……！

そう、『源氏物語』を貫くのは、光源氏が継母である藤壺の宮に恋をしたという物語。**かつては紫の上に「藤壺の宮さまに似ている！」とぐっときて引き取った彼が、老いてもやはり「藤壺の宮さまの血を引いている！」とぐっときて女三宮を引き取ることに決めるのです。**

しかし恐ろしいのは、『源氏物語』の連鎖の輪廻は、ここで終わらないところです。光源氏と藤壺の宮に何があったのか、思い出してみてください。

ぼーっとした新妻、ショックを受ける昔からの妻

女三宮は、本当にまだ幼くて、まるで子どもでした。このとき光源氏は40歳過ぎ、女三宮は14歳。そりゃあ、子どもに見えますよね。

女三宮の婚礼の儀でこまごまとした雑用を担ってくれるのは、光源氏の正妻であるところの紫の上。紫の上は内心とてもショックを受けていました。今までも明石の君の存在に嫉妬したことはありましたが、正直、明石の君の地位はそこまで高くない。**しかし女三宮は紫の上よりも身分が高く、しかも昔の自分と重なって見えるのです。**そりゃあショックですよね。夫に対して「もしかしてこの人、私が良かったんじゃなくて、若い子が良かったの……？」とも思うでしょう。

でもそんなそぶりは見せないのが、紫の上。

光源氏も女三宮があまりにぽけっとした子どもであることに拍子抜けしていました。「いやあ、紫の上を引き取ったときを思い出すけれど、あのとき彼女はもっとしっかりしていて張り合いあったけどな〜！　今も紫の上は婚礼でも気が利くし助かるなあ」と思うばかり。おいおい、それよりも考えるべきことがあるだろう。しかし紫の上の心情を察することのできる光源氏ではないのです……。

その後も紫の上は不眠ぎみになったり、体調を崩していくのですが、女三宮には母代わりにお世話をするようになります。このあたりはもう、紫の上が追い詰められていく様子が手に取るようにわかる。どんどん紫の上はストレスを抱えていく。

しかし事態は、光源氏の知らないところで動きます。

男を狂わせる女三宮

まず最初に、女三宮にぼーっと惚れたのは、またしても、夕霧。

実は最初、女三宮の結婚相手に夕霧はどうかという話もあったのです（年齢を考えれば当然です）。しかし光源氏が「私が」と言ったから立ち消えたものの、夕霧としては「ちょっと見かけたけど、素敵な人だったなあ」と毎度のことながらぼんやり恋焦がれているのです。毎度のことですね。

が、夕霧の親友であり、頭中将の息子である柏木もまた、彼女に焦がれていました。**なぜなら柏木は、女三宮の素顔を見てしまったのです。**

それは桜が満開の時期のことでした。

風が強くて、まるで雪のように桜が舞い散る春。光源氏の六条院で、夕霧や柏木たち――若い貴族の男子たちが集まり、蹴鞠《けまり》を楽しんでいたのです。

なかでも、柏木の蹴鞠のテクニックは抜きんでていました。柏木は父の頭中将に似て、容姿端麗で野心家の男子。真面目な夕霧とはまた違ったタイプの男子でした。

そしてそんな蹴鞠を、六条院にいる女房たちや姫君も、楽しく見物していたのです。

すると――猫が駆け出しました。

まだ人に慣れていないから、紐がついている猫。大きい猫を追いかけて走り出した可愛いらしい小猫は、紐が何かに引っ張られているところで絡まったのか、なんと御簾がさあっと引き開けられてしまったのです。

彼女は几帳から少し離れたところで、袿《うちき》だけをはおった、部屋着のような姿で立っていた。

西の二の間の東にいたから、遮るものがまったくない。

着ているものは、紅梅襲《こうばいがさね》だろうか。濃い色と薄い色が重なったところは華やかで、まるで本の綴じ面のようだった。まとった細長は桜色の襲だ。

足下までばっちり見えたが、長い髪はまるで垂れた糸のようになびく。揃えて切られた髪は幼く見えて可愛いく、身長が低いので髪のほうが少し長いのもまた可憐。衣の裾もひきずっていて、体つきは細くて華奢。そんな容姿や髪が少し顔にかかっているところまで、横顔がなんともいえずキュンとくる。

夕方だったので、はっきりとは見えなかった——奥が暗いのが残念でならない。

そこにいる女房たちは、蹴鞠に白熱する貴族の男性たちを見るのに夢中だった。なんせ彼らは花が散るのもお構いなし、というくらいの迫力で蹴鞠をしているのだ。そんな彼らに熱中する女房たちも、誰も御簾が上がったことに気づかない。

そのとき、猫が「にゃあ」と鳴いた。

すると女三宮は振り向いた。猫に「どうしたの?」と問いかける。そのときの彼女の顔も、振る舞いも、ぼうっとしていて、若くて、とても可愛い。夕霧は焦った。いやいや、あんな無防備に姿を見せちゃだめでしょ。でも近寄ったらそれはそれで軽率だし、でも女房たちに気づかせなくちゃ。そして咳払いした。するとようやく女三宮は気づいたのか、ふっと奥に引っ込んだ。猫の紐はほどかれ、御簾がおりてしまったので、夕霧は「はあ、ちょっと残念」と思わずため息をついてしまった。

と、ちょっと良いなあとぼんやり思っていた夕霧ですらこのありさまだ。もはや柏木はというと……胸の奥をぎゅうっと摑まれていた。

「女性たちに紛れていても、ひとりだけ輝いていたあの方は……どう考えても女三宮さまだ! あんなに可愛いのか、忘れられないよ!」

と心底叫びそうになった。が、体裁もあるので一応その場では何でもないふりをした。

しかし夕霧はそんな柏木を横目で見ながら、「いやいや、絶対女三宮さまを見ただろうこいつ……」と思った。

こ、困ったことになった。どうするんだ。

そんな夕霧の目線に気づかない柏木は、切なさでどうしようもなくなり、あの猫に「こっちおいで」と手招きした。

やってきた猫を、抱き上げると、女三宮の移り香が残っている。そして「にゃあん」と可愛く鳴くのだ。その猫を女三宮さまに重ねてぎゅうっと抱きしめるのは……そういうところだぞお前、と作者としては思うのだが。


几帳の際《きは》すこし入りたるほどに、袿姿《うちきすがた》にて立ちたまへる人あり。階《はし》より西の二の間《ま》の東《ひむがし》のそばなれば、まぎれどころもなくあらはに見入れらる。

紅梅にやあらむ、濃き薄き、すぎすぎに、あまたかさなりたるけぢめはなやかに、草《さう》子《し》のつまのやうに見えて、桜の織物の細長なるべし。御髪《ぐし》の末《すそ》までけざやかに見ゆるは、糸をよりかけたるやうになびきて、末《すそ》のふさやかにそがれたる、いとうつくしげにて、七八寸ばかりぞあまりたまへる。御衣《ぞ》の裾《すそ》がちに、いと細くささやかにて、姿つき、髪のかかりたまへる側目《そばめ》、言ひ知らずあてにらうたげなり。夕影なれば、さやかならず、奥暗きここちするも、いと飽かずくちをし。

鞠に身を投ぐる若君達の、花の散るを惜しみもあへぬけしきどもを見るとて、人々、あらはをふともえ見つけぬなるべし。猫のいたく鳴けば、見返りたまへるおももち、もてなしなど、いとおいらかにて、若くうつくしの人やと、ふと見えたり。

大将、いとかたはらいたけれど、はひ寄らむもなかなかいと軽々《かろがろ》しければ、ただ心を得させてうちしはぶきたまへるにぞ、やをらひき入りたまふ。さるは、わがここちにも、いと飽かぬここちしたまへど、猫の綱ゆるしつれば、心にもあらずうち嘆かる。ましてさばかり心をしめたる衛門《ゑもん》の督《かみ》は、胸つとふたがりて、誰ばかりにかはあらむ、ここらのなかにしるき袿姿よりも、人にまぎるべくもあらざりつる御けはひなど、心にかかりておぼゆ。

さらぬ顔にもてなしたれど、まさに目とどめじやと、大将はいとほしくおぼさる。わりなきここちのなぐさめに、猫を招き寄せてかき抱きたれば、いとかうばしくて、らうたげにうち鳴くも、なつかしく思ひよそへらるるぞ、すきずきしきや。

（「若菜上」）

もう、私は『源氏物語』屈指の名シーンだと思っていて……！　大好きなんですよ！
風の強い、桜の舞う春。その桜吹雪をものともせずに蹴鞠に夢中になる貴族の男子たち。彼らを見る女房。そして、走り出す、猫……！　さあっと御簾が上がり、見えるのは、桜色の衣を羽織った女三宮。
……最強の演出だと思いませんか？　これでもかと詰め込んだドラマチックな恋の始まり。
『源氏物語』に「何かの拍子に姿を見てしまって恋が始まる」場面はいくつかあるのです

が、そのなかでも格別に演出の効いた場面です。実際、この場面は絵で描かれることが多いのですが、さもありなん（『源氏物語』の絵で、「猫」「桜」「男子の蹴鞠」とくればこのシーンです）。

しかも、柏木の恋の始まりを、夕霧が「おいおい」と思いつつ見ているのも、良いですよね。

さあ、柏木が猫を抱きしめてしまうくらい一目惚れした女三宮は、光源氏の妻です。どうするんでしょう？

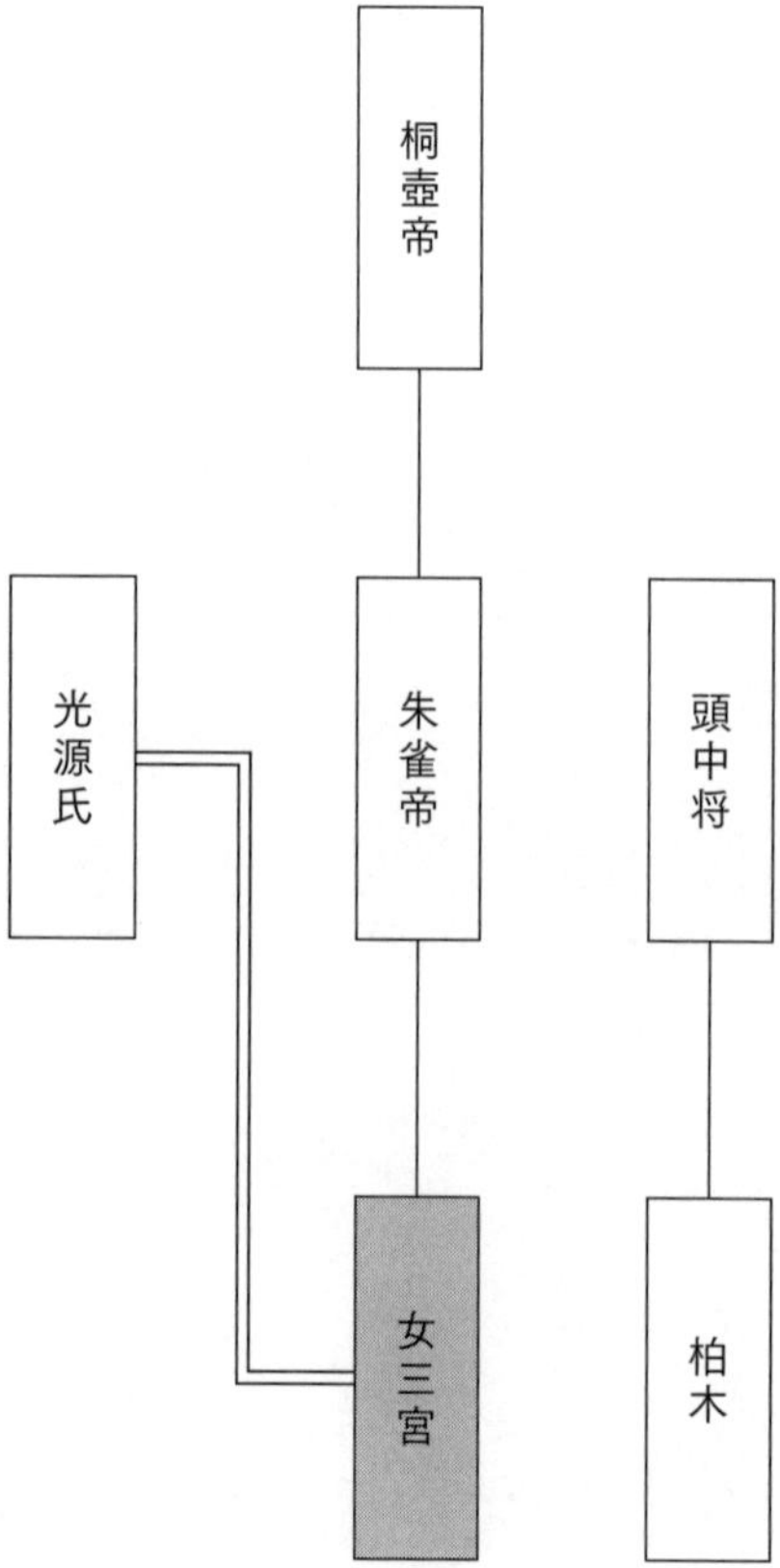

今日のおさらい

光源氏最後の正妻は、若くしてやってきた「女三宮」。

24日目

☆手に入らない理想のエンドレス・ループ

読む帖：第35帖「若菜下」、第36帖「柏木」、第37帖「横笛」

猫に狂気を見せる柏木

柏木は女三宮への恋にどんどんのめり込んでいきます。

何げに『源氏物語』の男性キャラクターって、恋愛にのめり込んでおかしくなる、という様子は案外描かれてこなかったのですよね。もちろん桐壺帝も桐壺更衣を溺愛していたし、光源氏は藤壺の宮に恋い焦がれていたのですが、しかし桐壺帝はあっさり桐壺更衣を手に入れていたし、光源氏は藤壺の宮以外とも恋愛していたし、「おかしくなっていた」のとはまた違う。女性キャラクターだと六条御息所がいますけれど。平安時代の貴族の男性は結局のところ身分が高いので、恋焦がれた相手を案外あっさり手に入れられてしまうのかもしれません。

が、満を持して出てきた柏木こそが、「恋に狂ってちょっとおかしくなる」青年。

なんせ女三宮に恋い焦がれるあまり……。

「女三宮さまの猫だけでも、どうにかして手に入れたい……。この恋情を伝える相手にはならないけれど、俺の寂しさを癒やしてくれる存在にはなるだろう！」

と、どうにも狂おしい。「さあ、どうやって盗もう」と思案するが、それだけでもかなり難しかった。

かのありし猫をだに得てしがな、思ふことかたらふべくはあらねど、かたはらさびしきなぐさめにもなつけむ、
と思ふに、もの狂ほしく、いかでかは盗み出でむと、それさへぞ難《かた》きことなりける。
（「若菜下」）

と、**女三宮の猫ちゃんを盗み出そうとする始末。**かなり恋に狂っていることがおわかりでしょう。しかも彼は本気で猫をもらいに行きますからね！　そしてその猫がにゃんにゃん鳴いて寄ってくると「ははは、きみは積極的だなあ」とずっと猫と遊ぶ始末！　「なんであんなに急に猫好きに……？」と不審がる女房たち。狂ってきました。

女三宮の面影を求めて、落葉の宮へ

ですが当然のことながら、女三宮は光源氏の妻。出世した柏木は、しぶしぶ他の人を妻に迎えます。

が、その相手も、なんと女三宮の姉（女二宮）！　覚えているでしょうか。彼女、ひきこもっ

て夕霧を断固拒否したというエピソードで登場した、落葉の宮のことです。

当然ながら柏木にとっては、**女三宮と血が繋がった女性だから、**という理由で選んだ結婚相手です。

本当に『源氏物語』に出てくる男というやつはっ、何度この「理想の女性が手に入らなかったから代替としての女性を妻にする」パターンを歩んできたことか。

凄い構造だと思いませんか？

①桐壺帝は、桐壺更衣の面影を求めて、藤壺の宮を妻にした。
②光源氏は、藤壺の宮の面影を求めて、女三宮を妻にした。
③柏木は、女三宮の面影を求めて、女二宮を妻にした……。

この3代にもわたる反復の物語こそが、私は『源氏物語』の真髄だと思うのです。どの女性たちも、決して「面影」の女性で終わることなく、誰かにとっては「理想」の女性だった。しかし男性たちは、3代にもわたって、終わることのない、反復され続ける円環のなかに入り込んでいるかのようです。

そして反復は、これだけでは終わらないのです。

柏木は、女三宮を強引に！

柏木は、女三宮のもとで働いている女房（当然この女性と柏木は親密な関係）に手引きをしてもらって、とうとう女三宮と強引に寝てしまうのです。


柏木は、一瞬、夢を見た。

あのときの女三宮の猫が、にゃあんと鳴いて、寄ってくる。

「この猫を女三宮さまにお返ししてさしあげなくては」

と思って連れてきたのだった。

「あれ、なぜお返ししなくてはならないのだっけ……」

と思ったところで、目が覚めた。なぜこんな夢を見たのだろう。

女三宮は、呆然として、何が起こったのかよくわかっていなかった。しかしとにかく不安で悲しくてどうしようもなかった。柏木は、

「これは、逃れられない運命によるものだと思ってください。私が犯した罪ですが、私自身、正気ではなかった……」

と囁く。そしてあのとき猫によって御簾が上げられ、姿を見ていたことも告白した。

女三宮は「そんなことが」と思いつつ、「もう光源氏さまにどんな顔して会ったらい

いのか」と心細くなって、まるで子どものように泣きじゃくる。

そんな姿に、よりいっそう「どうしよう」と柏木は心を摑まれてしまう。女三宮の涙をぬぐう彼の袖は、いつまでもびっしょりと濡れていた。


ただいささかまどろむともなき夢に、この手馴らしし猫の、いとらうたげにうち鳴きて来たるを、この宮にたてまつらむとて、わが率《ゐ》て来たるとおぼしきを、何しにたてまつりつらむと思ふほどに、おどろきて、いかに見えつるならむと思ふ。

宮は、いとあさましく、うつつともおぼえたまはぬに、胸ふたがりておぼしおぼほるるを、

「なほかくのがれぬ御宿世《すくせ》の浅からざりけると思ほしなせ。みづからの心ながらも、うつし心にはあらずなむおぼえはべる」。

かのおぼえなかりし御簾のつまを、猫の綱ひきたりし夕《ゆふべ》のことも聞こえ出でたり。げに、さはたありけむよと、くちをしく、契り心憂き御身なりけり。院にも、今はいかでかは見えたてまつらむと、悲しく心細くて、いと幼げに泣きたまふを、いとかたじけなくあはれと見たてまつりて、人の御涙をさへのごふ袖は、いとど露けさのみまさる。

（「若菜下」）

この猫がやってきた夢は、懐妊のしるしだったのかどうか……結局、女三宮は、柏木の子どもを懐妊したのです。

そう、このとき出てきた柏木と女三宮の子どもこそ――のちの「宇治十帖」の主人公である、薫でした。

自分もやったことだから……

女三宮もぼーっとした女の子ですから、柏木からもらった手紙を茵《しとね》の下にさし入れておいてしまいました。すると光源氏は、女三宮が放置していた柏木の和歌を発見してしまう。

そして光源氏は、女三宮の子どもの父親が誰なのか、理解するのです。

柏木と女三宮の不義を知った瞬間。思い出すのは、自分が昔犯した罪の記憶。藤壺との出来事を反芻《はんすう》した光源氏は、ハッとします。

もしかして、**桐壺院も、冷泉帝の父は光源氏であることを……勘づいていたのだろうか？**

そんな予感を、何十年も経ってから、はじめて抱いたのです。

「ああ、亡くなった桐壺帝も、すべてを知っていて、それでも知らないふりをしていた、というのか……!?

思い返せば、あの昔の一件――私と藤壺の宮さまとの密通――こそ、あまりに恐ろしいことで、あるまじき過ちだったのだ」

と、過去を思い出していた。

だからこそ、柏木と女三宮の密通を、自分が非難することはできない。そう思えてきた。

故院の上も、かく御心には知ろしめしてや、知らず顔をつくらせたまひけむ、思へばその世のことこそは、いと恐ろしくあるまじきあやまちなりけれ、と、近き例《ためし》をおぼすにぞ、恋の山路は、えもどくまじき御心まじりける。

(「若菜下」)

と、いったものの。いくら「自分もやったことだから」といっても、結局光源氏は柏木と女三宮を目の前にすると、ふたりをこれでもかと責め立ててしまいます。自分がやったこととはいえ、やっぱり**自分の妻が不義をしていたという事態は、光源氏の人生においてはじめてのこと**。衝撃のあまり、許せるものではなかったのです。

出生の秘密をめぐる物語

柏木は光源氏が自分の恋文を読んだと知って、呆然。そして顔をあわせた柏木に、光源氏は盃《さかずき》を強要するのです。今でいえばアルコールハラスメントですが、当時も柏木は光源氏から逃れることはできませんでした。そしてお酒を飲み続けた柏木は、具合が悪くなって、途中退席します。

そしてそのまま柏木は病気になり……なんと、死んでしまうのでした。

「死ぬの!?」と驚いた読者も多いのでは。私は驚きました。でも、柏木は恋に狂い、恋に死んでしまうのです。

さらに柏木との男子を産んだ女三宮は、出家。

夕霧をはじめとして、世間の人は「なぜ!?」と驚いたものですが、事情を知る光源氏だけがうろたえつつも受け入れていました。

柏木の親友だった夕霧は、柏木の形見として、横笛を贈られます。するとその晩に見た夢で柏木が出てきて、言うのです。

「その笛を贈ってほしい人は他にいるんだ……」と。

夕霧は「え!?　柏木の念が強すぎて僕の夢に出てきた!?」と不思議に思います。

――すると、柏木と女三宮の息子である若宮を見かけたところ、その美しいお顔立ちは、どうも、柏木によく似ている……。

「宇治十帖」で薫の笛の音が、柏木の笛の音によく似ている、という描写がありますが。その笛とは、この夢に出てくる、父子間で継承されるべき横笛の音のことなのです。

光源氏と語らった晩、夕霧は「柏木の夢を見たのです」と伝えます。それを聞いた光源氏は、「ああ、夕霧は女三宮の子どもの父親を勘づいているのだ」とわかりつつも、それでも知らないふりをし通すのでした。光源氏は、自分の過ちと、柏木の過ちを、生涯隠し通すことを決意している。このように『源氏物語』とは、出生をめぐる秘密の物語でもあるのです。

今日のおさらい

柏木と女三宮の間にできた息子が、のちの「薫」。

25日目

☆恋愛は何のためにあったのか

読む帖：第40帖「御法」、第41帖「幻」

出家する自由すらないなかで

女三宮の一件があってからというもの、紫の上は重い病にかかってしまいました。何も事情を知らない紫の上からすれば、自分との間にはついぞ子どもができなかったのに、女三宮と子どもをつくられたというのは、そりゃあ、がっくり心にのしかかりますよね。明石の君のときは、彼女の身分は低くさらに自分が育てていた。それに比べ、自分よりも身分が高くて若い女三宮との間に男の子ができたというのは、ちょっと意味が違ってしまいます。

そんなふうに現世に苦しむ紫の上は「もう出家しよう」と一度は決めるのですが、光源氏に泣かれて「やめてくれ」とおいおい縋《すが》られてしまうのです。出家する自由すら存在しない。

紫式部という作家の容赦のなさというのは本当にこういうところです。紫の上は、普通に考えたら光源氏にもっとも愛された女性であり、暮らしも何も苦労したことはない。しかし読者としては、どう考えても彼女が生きた最期というものは、幸せだったのか？と問いかけてしまいます。出家したい、だなんてよっぽどの覚悟がないとできない発言なのですが、それすら許されないのですから。

光源氏は、

「私を置いて死なないでくれ、私だけこの世において遺されるなんて、つらすぎる」

と嘆き続けていた。紫の上は、

「現世にはもう満足してる。死ねない理由になるような我が子も、私にはいないのだ……。どうしても長生きしたい理由なんて、もうない」

と思っているのだが、それでも、

「ああ、でもずっと一緒にいた源氏の君を悲しませることだけが、つらいな」

とひっそり思っていた。

もうこうなったら、後世の人のためになるような仏道修行をしたい、どうにか出家して少しでも仏門に努めたい。

紫の上はそう訴え続けているのに、しかし光源氏がどうしたって許可してくれないのだった。


しばしにても後《おく》れきこえたまはむことをば、いみじかるべくおぼし、みづからの御ここちには、この世に飽かぬことなく、うしろめたきほだしだにまじらぬ御身なれば、あながちにかけとどめまほしき御命ともおぼされぬを、年ごろの御契りかけ離れ、思ひ嘆かせたてまつらむことのみぞ、人知れぬ御心のうちにも、ものあはれにおぼされける。後《のち》の世のためにと、尊きことどもを多くせさせたまひつつ、いかでなほ本意《ほい》あるさまになりて、しばしもかかづらはむ命のほどは、行ひをまぎれなくと、たゆみなくおぼしのたまへど、さらにゆるしきこえたまはず。（「御法」）


そして、とうとう出家することもかなわず、紫の上は亡くなってしまいます。

明石の中宮と光源氏が病床を見舞った翌朝、二人に看取られながら息を引き取ったのです。

紫の上の終わりが源氏の終わり

第41帖「幻」において、光源氏は、彼女を喪った悲しみを、1年間味わい続けました。

光源氏が描かれる最後の帖は、紫の上を亡くした光源氏がいかに悲しんでいたか、をえんえんと描いているのです。そして本文の存在しない「雲隠《くもがくれ》」の帖を経て、次の第42帖「匂兵部卿」では光源氏の次の世代の物語が始まります。

と、さくっと書きましたが、「幻」と「雲隠」の帖の続きを読み始めたあなたは「え？」と驚くかもしれません。

なぜなら、**「幻」の帖でひたすら紫の上の死を嘆いていた光源氏が、「匂兵部卿」の帖になると、もういなくなっているから。**

第42帖「匂兵部卿」の帖は、「光源氏が亡くなった後……」という本文で始まるのです。

「え!? 光源氏、いつ亡くなったの!?」

と私は最初読んだとき、ページをめくりなおしてしまいました。

光源氏の最期は、はっきりと描かれていないのです。

……そう、光源氏がどこで亡くなったのかといえば、本文の存在しない帖「雲隠」なのです。

これについては、「雲隠」は紫式部がつくった帖ではないのでは? という説も存在します。後世の人が、写本をうつしているうちに「いやいや、光源氏が死んだところが描かれていないじゃん! 『雲隠』ってつけとこーっと」と書き加えたのかもしれません。ちなみに当時の写本というのは案外こういう「書き足し」文化があったようで、今残っている写本のどこが書き加えられたもので、どこが本当に紫式部の綴った本文だったのかはわからないものなのです。

しかし私は光源氏の亡くなる場面を描かないところにこそ、紫式部の作家性が光っていると思うのです。

なぜなら、光源氏の人生の最期を綴るにあたり、「光源氏がどのように死んだのか、晩年出家したのか」ではなく、「光源氏がどのように紫の上の不在を悲しんでいたのか」をたっぷり描き尽くす、という選択肢をとったから。

それはつまり、**光源氏というひとりの男性の終わりを、最愛の妻である紫の上の喪失、によって描き出した**ということです。

手紙を燃やす

光源氏は、どのように紫の上の喪失を受け入れたのか？

紫の上からもらった手紙を――すべて燃やしてしまうのです。

私はもうこの場面は『源氏物語』屈指の名シーンだと思うのですが。今までもらってきた恋文を光源氏は出家間際になって破棄していくのですね。残っていてはまずい女性からの手紙をはじめとして、自分が死んでから見つかっては困る手紙たちを、見ては捨てていく。しかしそれでも、紫の上からの手紙だけは、どうしても捨てられなかった。明石にいたときに贈られてきた手紙でした。それだけは捨てられず、丁寧に束ねてありました。

だけど、

「この手紙をもらったときから……ずいぶん遠くまできてしまった」

そう呟いた光源氏は、紫の上の手紙も破棄することを、決めるのです。

紫の上の手紙もまた、親しい女房に頼んで、びりびりに破いてもらった。

しかし紫の上の書いた筆跡を見るたび、涙があふれてあふれて、止まらなくなる。光源氏もさすがに泣いているところを見られるのは気恥ずかしく、気まずい思いをするのですが、それでも涙は後から後からあふれてくる。

＝ 亡くなった彼女の文を集めてみても、いまさらどうしようもないんだ……
あの方と同じように、手紙も煙になって空に届いておくれ

＝ かきつめて見るもかひなし藻塩草《もしほぐさ》同じ雲居の煙《けぶり》とをなれ　（「幻」）

こう歌を詠んで、光源氏は破った紫の上の手紙を、すべて燃やしてしまったのでした。

当時の貴族たちの葬儀は火葬が一般的だったので、紫の上の遺体もまた一晩かけて燃やされていたのです。そのため光源氏としては、手紙も、亡くなった紫の上と共に「同じ雲居の煙」――同じように雲にのぼっていく煙となれ、と詠んだのでしょう。

最愛の女性がいなくなった喪失を書き続ける

光源氏というキャラクターの人生は、たくさんの女性と恋愛してきて、たくさんの人に囲まれてきたものでした。が、何度も言いますが、彼の晩年を描くにあたって「最愛の女性がいなくなった後の喪失」というものを選んだ、その紫式部のセンスに私はくらくらしてしまいます。

これまでたくさんの女性と恋をしてきた。それこそ、数人がかりで破っても破っても、まだ恋文が残っているくらいには。

なかには、恨まれたことも、拒否されたこともある。藤壺という、ついぞ叶わなかった恋もある。

しかし、**「もうあの人は、いないのだ」という喪失だけは、これまで手にしたことのなかった感情だった**のではないでしょうか。

恋愛の終着点って、結局は「恋した相手を喪失する」という地点なのかもしれない。少なくとも紫式部はそう感じていたのかもしれない、と私は「幻」の帖を読むたび思います。あのドラマチックな展開ばかりを描いてきた紫式部が、光源氏の最期の帖に選んだのが、「1年間、春夏秋冬をただただ光源氏が妻の死を嘆き続ける」描写なのですから。本当はもっとドラマチックな展開にすることもできたかもしれない。しかしさまざまな恋愛をしてきた光源氏が、最終的に紫の上の喪失を受け入れるところを描くのが、彼の最期にふさわしいと感じたのでしょう。

紫式部は、夫を亡くして『源氏物語』を書き始めた、と言われています。もしかすると光源氏が紫の上を喪失するところを描くぞ、という結末部分が、紫式部には最初から見えていたのかもしれない。だからこそ光源氏が紫の上に恋した理由も、そして紫の上を雑に扱う過程も、紫の上が最期は悲しみながら死んでいく様子も、描く必要があった。

そう考えると、『源氏物語』はひとつの鎮魂歌であるのかもしれない。愛した人が死んでしまうことを受け入れる、そのことを描いた物語なのですから。

「罪悪感」の物語としての『源氏物語』

しかし読者としては「おいおい光源氏、死んでからそんなに嘆くなら、生きているうちに大切にしてやれよ！　出家させてやれよ、というか女三宮と結婚するなよ、というかあんなに浮気するなよ！」と言いたくなるところです。

実際、光源氏もこの点についてはとても後悔していました。

「たとえいっときの浮気心であっても、本気の結婚にしても、誘惑に勝てずに自分はあの人を傷つけてしまったのだろう……。賢い人だったからいつだって受け入れてくれたけれど、それでも毎回不安を抱いていたようだった」

と光源氏は思った。

そのような苦しみを紫の上にほかならない自分自身が与えていた、そのことへの後悔が、溢れて仕方がなかった。

など て、たはぶれにても、またまめやかに心苦しきことにつけても、さやうなる心を見えたてまつりけむ、何ごとにもらうらうじくおはせし御心ばへなりしかば、人の深き心もいとよう見知りたまひながら、怨《えん》じ果てたまふことはなかりしかど、一わたりづつは、いかならむとすらむ

とおぼしたりしに、すこしにても心を乱りたまひけむことの、いとほしくくやしうおぼえたまふさま、胸よりもあまるここちしたまふ。

（「幻」）

つまり『源氏物語』とは、**光源氏が紫の上を蔑ろにしてきたけれど、死なれてはじめて罪悪感を抱くようになるまでの物語である、という見方もできるのです。**

私は紫式部の凄さはここにあると思います。

『源氏物語』とはふたつの罪悪感の物語なのです。

ひとつめは、藤壺との道ならぬ恋をしてしまったこと。これについて罪悪感など覚えたことのなかった光源氏は、晩年、柏木に同じことをされてはじめてその過ち——亡き桐壺院はどのように思われていたのだろう？　という後悔——を知り、罪悪感を覚えるのです。

ふたつめは、紫の上を蔑ろにしてしまったこと。これについても罪悪感など覚えたことのなかった光源氏が、紫の上を喪ってはじめて、罪悪感を覚えるようになる。

遺された側の、罪悪感。

もう罪悪感を払拭する相手は、死んでしまったけれど。

しかし遺された側は、永遠に罪悪感を抱えて、生きていく。

『源氏物語』は、そういう物語なのです。だからこそ「幻」の帖はひたすら光源氏が後悔しながら紫の上を悼む。

それは**光源氏という、この世でもっとも祝福されて生まれてきた男が、女性たちとの出会いを通して、自らが罪悪感を抱いていることに気づくまでの物語**なのです。

私は『源氏物語』はとても日本人らしい物語だなと思っています。どの国にも「なぜか繰り返してしまう物語の構造」というものはありますが、夏目漱石の『こころ』も村上春樹の『ノルウェイの森』も、こういった「恋愛し、誰かが死んで、その後罪悪感を抱いたまま生きていく男性の物語」です。『源氏物語』もこの構造なのです。日本ではなぜか永遠にこのような物語が繰り返されている。

『源氏物語』が素晴らしいのは、光源氏という非の打ち所がない貴族の美青年が、**女性たちとの出会いを通して、その内側に罪悪感を抱えて生きることになる——その過程を描いたところです。**

生きていて罪悪感のない人なんていない。むしろ完璧だった男の、イノセンスが喪失する、その瞬間にこそ人間性は宿る。そう紫式部は考えていたのではないでしょうか。

今日のおさらい

第41帖「幻」と第42帖「匂兵部卿」の間で光源氏は亡くなった。

26日目

☆女性は悪い男が好きなのか問題

読む帖：第44帖「竹河」

香りたつ二人——薫と匂宮の登場

さて、光源氏の死から8年後。新しい物語が始まります。それが第42帖「匂兵部卿《におうひょうぶきょう》」。

ここから、第42～44帖の「匂兵部卿」「紅梅」「竹河」では光源氏亡き後の人々の姿が描かれます。とくに中心となるのが、女三宮と光源氏（と見せかけて、実は父親は柏木）の間の子ども、薫。そして、明石の中宮（明石の君と光源氏の娘）と今上帝の間の子ども、匂宮。

……このあたりになると家系図が複雑になってきますね。確認しましょう（327頁の図）。

ちなみに薫は何もしなくとも香り立つようないい香りのする男性、一方で匂宮は自ら強く香を焚きしめて強い香りをはなっている男性だと言われています。今でいうと、**清潔感の薫、整髪剤や香水をバッチリきめた匂宮**、というイメージでしょうか。

〈匂宮三帖〉〈宇治十帖〉の作者は紫式部ではなかった？

第42～44帖「匂兵部卿」「紅梅」「竹河」は〈匂宮三帖〉と呼ばれ、その後の第45～54帖「橋姫《はしひめ》」～「夢浮橋《ゆめうきはし》」が〈宇治十帖〉と呼ばれます。

が、「竹河」「紅梅」で描かれている様子は他の帖との矛盾も多いのです。たとえば夕霧は第44帖「竹河」では左大臣に出世したと書かれているのに、その後の第46帖「椎本《しいがもと》」ではまだ右大臣(左大臣になる前の役職)だったり。

また第42帖「紅梅」は玉鬘の子ども世代についてあれこれ書いているのですが、しかしここでは薫はもう24歳になっている。ですが第43帖(ひとつ後の帖)では薫はまだ14〜20歳。深く考え始めると矛盾だらけで「?」と首を傾げてしまう。そのため研究者の間では、おそらく「匂宮三帖」は後世の人が書き足した番外編なのでは? とも解釈されています。「玉鬘の子どもたちがどうなったのか気になる!」「頭中将の子どもたちがどうなったのか気になる!」という声が、「匂宮三帖」という二次創作を生み出したのではないか、と。

真相はわかりませんが、「匂宮三帖」の現代語訳を読んでいて「へ? 矛盾があるのでは?」と思っても、とくに気にせず読み進めてください。

そして更にいうと、「宇治十帖」もまた別人作者説が出ています。有名な論文に、安本美典《びてん》「文体統計による筆者推定」(1958年)というものがあるのですが、このなかでは「宇治十帖はそれまでの文体と異なる文体でつづられている」と指摘されているのですよね。じゃあ作者は誰なのかと言われるとやはりわかっておらず、紫式部の娘である大弐三位《だいにのさんみ》では、とか、後世の人が書き足したのでは、とか、まあ本当に「光源氏が死ぬまでの帖」と「匂宮三帖と宇治十帖」は別人作者説が後を絶たない。

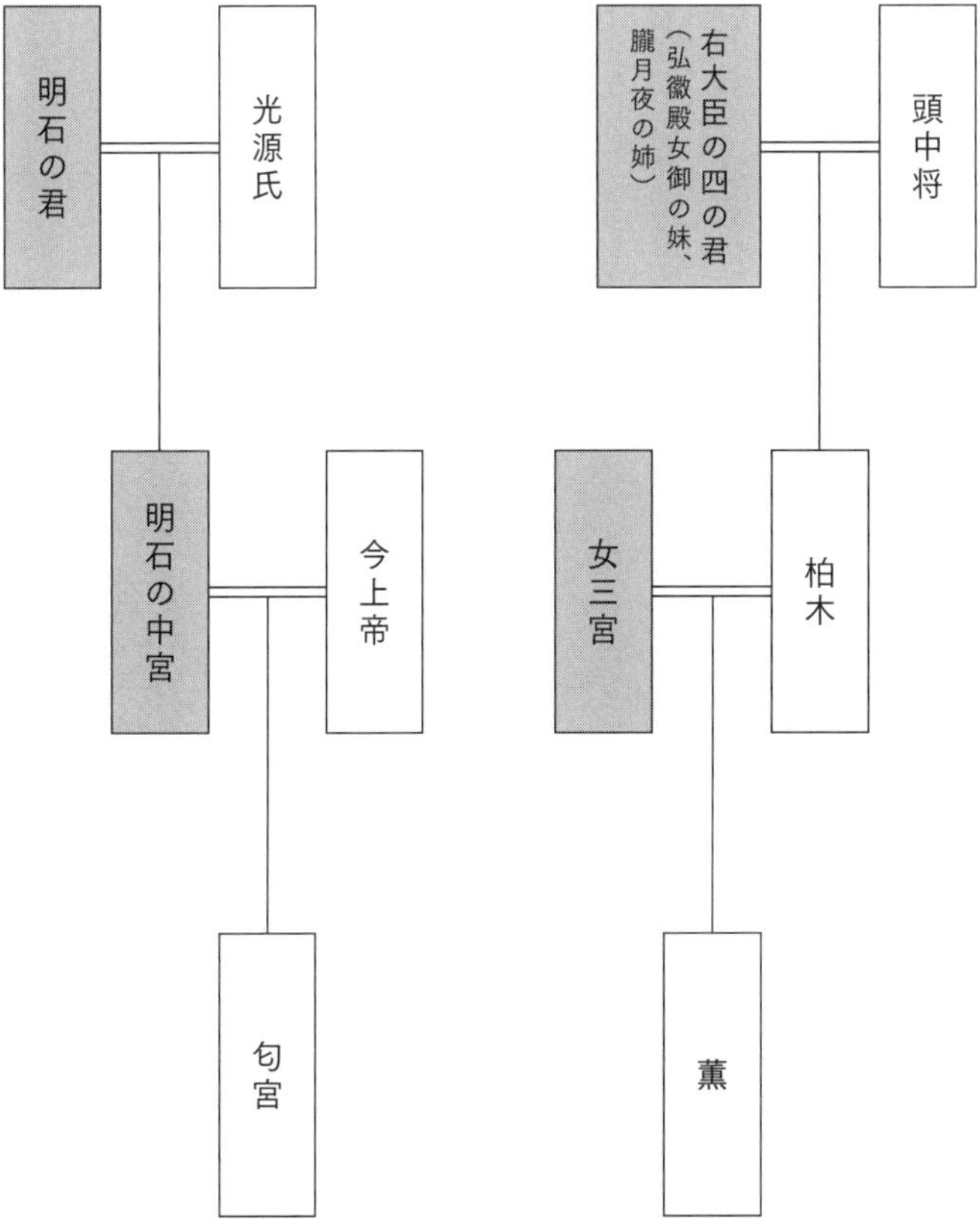
明石の君
光源氏
明石の中宮
今上帝
匂宮
右大臣の四の君（弘徽殿女御の妹、朧月夜の姉）
頭中将
女三宮
柏木
薫

そのため、「宇治十帖」は外伝というか、別枠の物語として読むのが正解なのではないか、と私は思っています。たとえば瀬戸内寂聴《じゃくちょう》さんは「宇治十帖」を近代的な小説のようだと高く評価していたり、「宇治十帖」ファンも多いのですけどね。ちなみに『源氏物語』ファンの日記として有名な**『更級日記《さらしな》』も「薫の大将みたいな人に通われたい」「浮舟みたいになりたい」と書いている**ので、当時の人々の心を打っていたことは間違いありません……。

宇治八の宮に教えを乞おうと思ったのに！

さて、そんな『更級日記』作者も大好きな「宇治十帖」の主人公、薫。彼は自分の出生の秘密にうすうす勘づき、そして悩んでいました。彼はなぜ宇治に行ったかといえば、「仏道修行に励みたい」と自分のロールモデルになりそうな男性・八の宮に話を聞きに行こうと思ったからなのです。現代でいえば、悩みすぎて田舎でスローライフを送っている人に話を聞きに行くようなものでしょうか。

宇治八の宮は、光源氏の異母弟。桐壺帝の息子で、親王（次の天皇候補）になっていましたが、弘徽殿女御によって「光源氏派に対抗するための天皇候補」として利用されてしまうのです。具体的にいうと、桐壺帝と藤壺の息子（まあ実は光源氏と藤壺の息子なわけですが）

であるのちの冷泉帝を天皇にしないために、宇治八の宮を天皇にしよう、と画策したのですね。が、みなさんもご存じの通り、右大臣派の弘徽殿女御は政治闘争に敗れ、光源氏派の冷泉帝は天皇になりました。というわけで宇治八の宮は頼れる後ろだてもなく、宇治の山荘で仏道修行の道に入ったのでした……。

実はこのような『源氏物語』の右大臣家VS.光源氏、という構図は、史実でいうと、藤原道隆VS.道長、という構図と少し似ています。ちなみに**『源氏物語』作中の右大臣家の場所は、現実の藤原道隆やその娘の藤原定子《ていし》が住んでいた邸の場所と重なる**そうです。史実を知っていると興奮するエピソードです。

ちなみに宇治八の宮のところにいた女房は、柏木の最期を知る人でした。結局、薫は彼女から自分の出自を伝え聞くことになるのでした。

「まめ人」な男・薫

薫についてまず知ってほしいのが、薫は本当に光源氏と正反対な性格をした男であること！

光源氏が、口はうまくて和歌もうまい、そして何より恋愛が好きな男性であったことを思い出してください。一方で薫は、口下手で和歌もそこまでうまくなく、何より恋愛がそんなに好きではない男性です。そして夕霧ほど調子がよくもなく、薫はもっと自分の内面で考えをめぐらすのが好き。出家したい、と常に考えているのも、そもそも彼が内省的で厭世《えんせい》的な性格をしていたから。

むしろ恋愛好きなのは匂宮のほう。匂宮はやっぱり光源氏の血が入っているからそういうキャラクターにしたんだろうか、などと読者（私）は邪推してしまうものですが。

ともあれ、薫はとても美しい男性ですし、きゃあきゃあ言われることもあるのです。しかし恋愛には乗り気でなく、むしろ自分の出生の秘密について思い悩んだり「どんなふうにこの先生きていけばいいのか」ということを真剣に考えるのに時間を使っている。恋愛なんてちゃらついたものはノーサンキュー、という雰囲気すら見え隠れします。

たとえば、お正月の挨拶に玉鬘邸へ薫が遊びに来たときのこと。

そこにいた男性たちは身分も高く容姿も美しい人だらけだった。が、おくれて現れた薫の君は、とくに目立った。

ミーハーな若い女房たちは「やっぱり他の人と違う〜！」と色めきたった。

「薫の君とうちのお嬢様に並んでほしいわ！　美男美女になるはず！」

などとくすくす騒いでいた。

たしかに薫の君は、若くて気品があって、歩けばふわりと香り立つ。誰でもきっと薫の君を見れば「なんて素敵な方なんだろう」とうっとりするだろう。

玉鬘は念誦堂《ねんじゅどう》にいたが、薫の君に「こちらへおいでなさい」と呼んだので、彼は東の階から上り、戸口の御簾の前に座った。

庭の梅の蕾はこれから咲こうとしていて、鶯の初音もまだ初々しい頃だった。そんな背景を背負った薫の君は、まだ若い青年で、年上の女性たちに「少しちょっかいをかけてみたい」と思わせる雰囲気があった。

女房たちはくすくす笑いながら冗談で話しかけるが、薫の君はほとんど喋らず、無視された女房たちは「なーんだ」と肩を竦《すく》めた。

なかでも身分の高い宰相の君は、こんな歌を詠んだ。

「手折ればもっと香るのかしら、
少しは愛嬌を咲かせてくださいな、梅の初花さん」

それを聞いた薫は「わ、和歌詠むのはやっ」と驚きつつも、

「見ただけだと枯れ木だなと思うかもしれませんが、
ほんとは色香のある梅の初花なのですよ。

袖、触れてみます？」

と冗談を言うと、女房たちは「本当は色よりも香りですわ」と、きゃあきゃあ言いつつ薫の袖を引っ張ろうとする。

すると玉鬘が奥から出てきて、

「困った人たちねえ。もう、薫の君は真面目な方なのだから、そんなに怖がらせてはいけませんよ」

と小声で言った。

薫の君は「うつ、玉鬘様に真面目なやつだと言われてしまった。そ、それは一般的に情けない呼び名なのでは」と内心思ったのだった。

皆めやすかりつるなかに、立ち後れてこの君の立ち出でたまへる、いとこよなく目とまるここちして、例の、ものめでする若き人たちは、「なほことなりけり」など言ふ。「この殿の姫君の御かたはらには、これをこそさし並べて見め」

と、聞きにくく言ふ。げにいと若うなまめかしきさまして、うちふるまひたまへる匂香《にほひか》など、世の常ならず。姫君と聞こゆれど、心おはせむ人は、げに人よりはまさるなめりと、見知りたまふらむかし、とぞおぼゆる。

尚侍《かむ》の殿、御念誦堂におはして、「こなたに」とのたまへれば、東《ひむがし》の階《はし》よりのぼりて、戸口の御簾の前にゐたまへり。御前《おまへ》近き若木の梅、心もとなくつぼみて、うぐひすの初声もいとおほどかなるに、いと好かせたてまほしきさまのしたまへれば、人々はかなきことを言ふに、言少《ことずく》なに心にくきほどなるを、ねたがりて、宰相の君と聞こゆる上臈《じやうらふ》の詠みかけたまふ。

折りて見ばいとどにほひもまさるやと
すこし色めけ梅の初花

口はやし、と聞きて、

「よそにてはもぎ木なりとや定むらむ
したににほへる梅の初花

さらば袖触れて見たまへ」など言ひすさぶに、

「まことは色よりも」と、口々、引きも動かしつべくさまよふ。

尚侍の君、奥のかたよりゐざり出でたまひて、

「うたての御達《ごたち》や。はづかしげなるまめ人をさへ、よくこそ面無《おもな》けれ」

と忍びてのたまふなり。まめ人とこそつけられたりけれ、いと屈《くん》じたる名かな、と思ひゐたまへり。

（「竹河」）

若い梅に鶯の初音、という薫に似合う背景が見えるような、「竹河」の名場面です。が、こんな女房たちにいきなり囲まれたら怖かったであろう……と同情してしまいますが、ともあれ薫は「まめ人（真面目な人、堅物）」ということで宮中でも評判だったようです。

ちなみに薫に詠みかけられた歌は『古今和歌集』の

═══

遠くから眺めるばかりだった梅の花……

その素晴らしい色や香りは、手折《たお》ることではじめてわかったんだよな

═══

よそにのみあはれとぞ見し梅の花あかぬいろかは折りてなりけり

（『古今和歌集』巻第一、春歌上）

を下敷きにしています。それを薫もわかったうえで、「よそにては」と返したのですね。薫の返事は、こういうふうに「どういう和歌を下敷きにしているか、わかってますよ」というかなり教科書的な返しなのですが、そこもまた若い青年らしくて女房たちはきゃあきゃあ言ったのです。

しかしそんな常に出家したい男こと薫が、宇治八の宮のもとへ教えを乞いに行くところから、「宇治十帖」は始まります。

宇治八の宮の娘である、長女・大君《おおいぎみ》、次女・中の君が楽器を演奏しているところを、薫は、垣間見てしまうのです。

今日のおさらい

薫はまじめ男、匂宮はチャラ男。

27日目

☆友達でいたい女子と恋人になりたい男子問題

読む帖：第45帖「橋姫」、第46帖「椎本」、第47帖「総角」

寝そうで寝ない「宇治十帖」

「宇治十帖」前半の楽しみ方。それは、**「寝そうで寝ない薫と大君」**のすったもんだを楽しむことです。

……というと、さまざまな「宇治十帖」ファンから怒られそうですが。しかし私ははじめて「宇治十帖」を読んだとき、「ね、寝そうで寝ない……」と心底思いました。ここから先はもし未成年の読者さんがいらしたら薄目で読んでください。というのも『源氏物語』本編、はっきりいって光源氏は手が早い。「えっ、いつのまにそういう関係になっていたの？」「ていうかいつのまに寝たの？」と読者としては恋愛発展のスピードに振り落とされそうになりながら読んでおりました。藤壺と光源氏や、紫の上と光源氏なんて、本当に気づいたらそういう関係になっていましたよ。

だがしかし、薫は(前も書いた通り)光源氏と正反対。そう、むしろ『源氏物語』本編に慣れた読者としては「あーはいはいこの流れはもう今晩寝る流れなのですね」と思いつつ読んでいたところで、「結局何もなく朝を迎えました！」という清らかなナレーションが入るのです。寝ないんかい。

なぜそんな寝そうで寝ない関係になっていたのか？「宇治十帖」を読んでみましょう。

仏道を求めたすえに、恋

宇治八の宮に仏道修行について教えを乞うべく、宇治に向かった薫。宇治へ通い続けて3年目、彼が垣間見たのは、宇治八の宮の娘たち、大君と中の君でした。ちなみに「大君」とは「長女」の意味で、「中の君」は「次女」の意味なので、一般名詞のようなものです。

月明かりに霧がぼんやりかかる夜、琵琶や琴《こと》を演奏する姉妹を見て、薫はうっとり。「昔の物語でこんなふうに美しい女性を偶然見かける話を読んだことがあって、そのときは『そんなうまい話が現実にあるわけないだろ』と思っていたけれど、本当に、あるんだあ……！」と薫は夢中になってしまいます。とくに姉の大君を薫は気に入った様子。ことあるごとに手紙を送るようになります。

そんな薫を見て、宇治八の宮は「くれぐれも大君や中の君のことをよろしく……だが軽薄な真似はしないであげてくれ、軽い気持ちなら近づかないであげてくれ」という言葉を遺していました。実は宇治八の宮は、病にかかり、もう先が長くなかったのです。

薫としても、仏道修行のために宇治へやってきたのに、いきなり大君を押し倒すのもそれはそれで格好が悪いもんです。薫も「はい、もちろん、ええ、大切にしますよ……」などとお茶を濁しています。

そして宇治八の宮は、娘である大君にもこんな遺言を残すのです。

「いいかい、軽薄な相手に近づいて宇治を出てはいけないよ！　もうずっと宇治にいてもいいんだからね、結婚なんて無理にしなくてもいいんだ。とにかく酷い男にだけは気をつけろ」と。

娘のことが最後まで気がかりだったのでしょう。しかし結局、この宇治八の宮の遺言が大君に「恋愛、ダメ、絶対」という強い規範を植え付けてしまうのです。

誠実だから添い寝だけ

宇治八の宮が亡くなった後、一周忌をすぎても、薫は大君と中の君のことを懇切丁寧に世話します。そのうち中の君のもとには、薫の友人である匂宮から文がやってくるようになりました。

しかし大君と薫の仲はいまだに進展せず。さすがに薫もじれったくなって求婚の和歌を贈り続けているのですが、頑として大君はノーの返事ばかり。というのもすでに大君は25歳くらい。当時の結婚適齢期といえば17歳くらいですので、大君としては「**この年齢まで独身だったのだし、お父様も適当な相手とは恋愛するなと言ってたし、もう恋愛なんて面倒なことしたくない**」モードだったのでしょう。

しびれをきらした薫は、とうとう大君のもとで無理矢理泊まろうとするのですが……。

薫は「今夜はここに泊まって、ゆっくり話したい」と思い、ぐずぐず夕方まで過ごしていた。どんどん薫の空気が重たくなっていく。どうやらちょっと恨めしい表情にすらなっている。大君は面倒くさくなってきて、困っていた。もはやなごやかに談笑する雰囲気でもない。

だけど、恋愛さえ挟まなければ、薫はいい人なのだ。だからこそ大君は薫を邪険にすることもできず、とりあえず対応し続けるのだった。

今宵《こよひ》はとまりたまひて、物語などのどやかに聞こえまほしくて、やすらひ暮らしたまひつ。あざやかならず、もの怨みがちなる御けしき、やうやうわりなくなりゆけば、わづらはしくて、うちとけて聞こえたまはむことも、いよいよ苦しけれど、おほかたにてはありがたくあはれなる人の御心なれば、こよなくももてなしがたくて、対面したまふ。（「総角《あげまき》」）

うーん、「友達でいたい女子と恋人になりたい男子」という難題が平安時代にも存在していたのですね。正直、これが光源氏なら強引に大君を自分のものにしていたのかもしれませんが、薫はそんなタイプではありません。誠実な男なのです。しかし結局、この夜は何もなく終わりました。添い寝のみ！　そして翌朝、大君はとんでもないことを思いつきます。

「薫の君さま、私の妹の、中の君と結婚してくださらないかしら……!?」

姉の暴走――思い込み女子の迷走

……これは私の勝手な解釈なのですが、大君はかなり思い込みの激しい女性なのです。そりゃ宇治の田舎で妹や女房たちとだけ喋って育ち、結婚も女房勤めもしないままふんわり育ってきた深窓の令嬢ですから、天然なのもわかるのですが。読者としては「いやいやなぜそんな結論になるんだ」と言いたい。

しかし大君は本気。一晩添い寝のみで終えた薫に対して、こんなふうに思うのです。

「薫の君のお人柄や容姿は、嫌な感じはしない。亡くなったお父様も『薫の君がお前たちのことを好きでいてくれているなら、結婚していい』とおっしゃっていた。
でも私は、独身を貫こう。
私よりも、若くて素敵な中の君が結婚しないなんて惜しい。普通に結婚してほしい。

妹が幸せになるために結婚を手配しなければ。私のことはいいの。
薫の君がもう少し、ふつーの男の人だったらいいけど……ちょっと私が結婚するにはあまりにも眩しすぎる。無理。釣り合わない。私は独身で、いよう！」

この人の御けはひありさまの、うとましくはあるまじく、故宮も、さやうなる心ばへあらばと、をりをりのたまひおぼすめりしかど、みづからはなほかくて過ぐしてむ。われよりはさま容貌《かたち》も盛りにあたらしげなる中の宮を、人なみなみに見なしたらむこそうれしからめ、人の上になしては、心のいたらむ限り思ひ後見《うしろみ》てむ、みづからの上のもてなしは、また誰かは見あつかはむ、
この人の御さまの、なのめにうちまぎれたるほどならば、かく見馴れぬる年ごろのしるしに、うちゆるぶ心もありぬべきを、はづかしげに見えにくきけしきも、なかなかいみじくつつましきに、わが世はかくて過ぐし果ててむ（後略）（「総角」）

自己肯定感が低い長女は、「妹の夫にどうかな〜！」と思い、女房にいそいそと相談します。しかし「いやいや、あなたはどう考えても薫の君に好かれてるんだから、薫の君と結婚してこの家を支えてくれよ」と女房は総ツッコミ。
しかし大君は「恋愛なんて無理」と決め込み、**自分のもとに夜這いしにきた薫に対して**

中の君をあてがうという暴挙に出るのです。

薫は「もう中の君と寝たろか」と腹を立てつつも、そこは我慢。なんせ中の君は友人・匂宮とうまくいきそうなのです。そこをわざわざ波風立てる理由もない。

結局、薫は中の君と匂宮の結婚を仕立てることに決めました。というのも薫としては「よし、そうか、大君は妹のことが心配なんだな！　じゃあ中の君と匂宮が幸せになれば、大君は私と幸せになってくれるということか！　匂宮をけしかけて結婚させよう！」という計画(?)を企てたのですね。この計画は途中までまんまと成功しました。中の君はさくっと匂宮と結婚することになるのです。

ですが、この結婚が悲劇を招いてしまうのです……。

今日のおさらい

宇治八の宮の娘は、長女が大君、次女が中の君。

28
日目

☆みんな大好き！　ふつうの女の子ハーレム

読む帖：第47帖「総角」、第50帖「東屋」、第51帖「浮舟」

悲劇の紅葉狩り事件、そして絶望死

匂宮と中の君が、結婚！　……でも、宇治って、遠いんですよね。京都に行ったことのある方ならおわかりかと思いますが、どう考えても京都市内から宇治市へ、京阪電車もないのに通うのはかなり大変です。新婚3日は通ったものの、匂宮はなかなか宇治へ通うことのできない日々が続きました。

すると不安になるのが大君。

「も、もしかして、妹は遊ばれてる……？」

そんなことはないよと言うために、薫と匂宮は宇治での紅葉狩りを企画します。当時、宇治は風光明媚な場所として有名だったのです。

内密に、内輪だけで紅葉を見に行こうとした薫たち。しかしいつのまにか話は広がり、夕霧の子どもたちも来ることになったのです。これではお忍びで恋人に会う時間なんてありません（夕霧も空気が読めないタイプでしたが、夕霧の子どもも空気が読めないのかなどと読者は思ってはいけません……）。さらに匂宮の母である明石中宮からお迎えが寄越されたのです。

薫から「この日に匂宮が行きますから！」と言われた大君や中の君たちは、いそいそと準備をしたはずです。女房たちも嬉しく思い、待っていた。そしてにぎやかな匂宮一行の宴会の声は少しだけ聞こえてくる。

しかしその日、匂宮はやってこなかった。 貴族の一群を抜け出して、匂宮は中の君に会いに行くことなんて、できなかった。――そして大君は、絶望したのです。所詮、私たちなんて、田舎の遊びだと思われているのか、と。

ここでも大君ってやっぱり思い込みが激しいな⁉ と思わなくもないのですが、それでも**なんと大君は絶望のあまり、病にかかり、死んでしまうのです……。**

人形と呼ばれたニューヒロイン浮舟の登場

まさかの、大君の物語退場。読者もびっくりしてしまうのですが、そうなると残った中の君は宇治から引っ越し、京都の二条院で住むことになります。ちなみに薫は中の君に手を出そうとするのですが、中の君が妊娠していることに気づき、手を引っ込めるのでした。生々しい話ですね。

そして代わりに登場したのが、浮舟。実は宇治八の宮には、もうひとりの娘がいたのです。

浮舟の母親は元・宇治八の宮の邸の女房。浮舟を産んだ後、八の宮に捨てられ、受領階級の男性の後妻となった苦労人でした。夫の転勤ゆえに常陸《ひたち》の田舎に住んでいたのですが、結局「やっぱり女性も上流階級にいないと、だめよ！」と浮舟を中の君に預けることにしました。

そして中の君は、自分に言い寄られるのが鬱陶しかったのか、薫に「あなたにぴったりな娘がいますよお！　も〜お姉ちゃんにそっくりで」と勧めるのです。そしてあっさり薫は浮舟を手に入れたがります。

読者としては「**あっ、またしても『源氏物語』あるあるの、誰かの身代わりとして好きになるパターン**」と思ってしまうのですが、まさに今回も同じです。

薫は浮舟を大君の身代わりとしてしか見ていません。その証拠に、薫は浮舟のことを「**人形**《ひとがた》」つまり人の形をしたもの、と呼んでいました。禊《みそぎ》のときに身代わりとして水に流すもののことです。ひどい話ですね。しかしこの「人形」という呼称は、浮舟の物語の伏線となりますので、覚えておいてください。

三角関係少女マンガ展開

そんなニューヒロイン浮舟の存在に浮足立ったのは、薫だけではありませんでした。親友、匂宮もまた、浮舟を愛してしまったのです……。

中の君に会いにきたのに、中の君はちょうど洗髪で不在（当時は一日がかりで髪を洗っていたのです）。そこで偶然、匂宮は浮舟を覗き見し、「美しい！」とひとめ惚れするなりいきなり押し倒そうとします。なんて手が早いのか。

しかしそこにやってきたのは、浮舟の乳母。「姫様に異変が！」と勘づき、屏風を押し開けたら、なんと匂宮がいるではありませんか。

さすがに匂宮もそのまま続けるわけにもいかず、その日は帰っていったのでした。浮舟の登場から波乱だらけです。

しかしそんなことがあっては、さすがに浮舟も中の君の家にい続けるわけにいきません。三条の隠れ家に居を移すことになります。それを知った薫は、強引に浮舟のもとへ向かい、そして浮舟を宇治にさらってしまうのです！

匂宮にキュン

だが匂宮もやっぱり浮舟のことを忘れられない。**薫の声真似をして、強引に宇治の邸に潜り込みます。**そんなこと可能なんだ……と読者が思っている間に、浮舟をわがものにしようとします。

しかし困ったことに、浮舟はあっさり匂宮にキュンときてしまうのです。浮舟、そんな男でいいのか……！　と読者としては浮舟の肩を揺さぶりたくなりますが。

寝室へ二人分の洗面盥《だらい》が運ばれた。それ自体は普通のできごとなのだが、匂宮はこんなことにも嫉妬を感じてしまう。（いつも薫が来たとき、こうやって朝の寝起きにこの手盥で顔を洗うんだな……）と急に理解してむかついたからだ。そのため匂宮は

「きみが先に使いなよ」

とムスッとしていた。

浮舟はいつも感情を出さない薫を見ているので、匂宮の「少しでも会えない時間があれば、死ぬ！」とでもいいそうなストレートな物言いをする様子にキュンときてしまう。

「愛されるって、こんな感じなのかなあ」と思ってしまうのだった。

でも、それにしたって私がこの方に愛されてるなんて、不思議な運命。みんながこのことを知ったら、どんなふうに思うだろう？　――そう考えたとき、ハッと中の君の顔が浮かんだ。

そんな折、匂宮が、

「ねえ、きみはどこのお嬢様なの？　全部言ってよ、どんなに身分が低くても愛して

るから」

と、しつこく訊いてくる。浮舟はそれだけは絶対に言わないと決めているのだ。

しかしそれ以外の点は、浮舟はにこにことしていて、匂宮に心から打ち解けている様子がわかる。そんな様子が、とても可愛い。

御手水《てうづ》など参りたるさまは、例のやうなれど、まかなひめざましうおぼされて、

「そこに洗はせたまはば」

とのたまふ。女《をんな》、いとさまよう心にくき人を見ならひたるに、時の間《ま》も見ざらむに死ぬべし、とおぼしこがるる人を、心ざし深しとは、かかるを言ふにやあらむ、と思ひ知らるるにも、あやしかりける身かな。誰《たれ》も、ものの聞こえあらば、いかにおぼさむと、まづかの上の御心を思ひ出できこゆれど、

知らぬを、「かへすがへすいと心憂し。なほあらむままにのたまへ。いみじき下衆《げす》といふとも、いよいよなむあはれなるべき」

と、わりなう問ひたまへど、その御いらへは絶えてせず。異事《ことごと》は、いとをかしくけぢかきさまにいらへきこえなどして、なびきたるを、いと限りなうらうたしとのみ見たまふ。

（「浮舟」）

おい！　浮舟！　きみはそれでいいのか！　しかし浮舟の恋愛モードは止まりません。たまに宇治へ通ってくる薫よりも、合間を見つけて通ってきてくれる匂宮に夢中。「薫の君も〜美しいお顔ではあるのだけど〜匂宮さまの美しさは格別！（原文：女は、また、大将殿を、いときよげに、またかかる人あらむやと見しかど、こまやかににほひきよらなることは、こよなくおはしけりと見る）」なんて思っている浮舟の恋は止まらない。

さらに匂宮が添い寝する男女の絵を描いてくれて、「これを僕だと思ってねっ」と言われ「ああ〜私も匂宮さまとこんなふうにずっと一緒にいたい〜！」と思ったり。楽しそうです。浮舟、22歳の初恋。

すごいのが、ある雪の夜、月を見ながらふたりは（といっても女房つきですが）宇治川の小舟にきゃっきゃと乗って和歌を詠み合うデートをしているエピソード……。しかも**匂宮がお姫様抱っこして浮舟を宇治川の小舟に乗せてあげる**ところなんて、現代の少女マンガか？　と言いたくなる描写。そりゃあ浮舟も恋愛モードで浮かれますよね。お姫様抱っこからの小舟デート、って『源氏物語』本編でもっとも幸福いっぱいのデートをしたのは浮舟でしょう？

浮舟という読者共感型ヒロイン

浮舟という女性は、正直わりと特筆すべき性格がなく、平凡な田舎育ちの女性であることが強調されます。さらに同じ田舎育ちの玉鬘などとは違って、楽器も弾けず、そこまで教養もありません。都に来てはじめて物語絵を見た、という記述があるくらいです。とにかく平凡な女性なのです。

しかし、**もしかすると『源氏物語』読者にとっては、そんな作中もっとも平凡な浮舟が、匂宮と薫に取り合われるシチュエーションが面白かった**のかもしれません。

少女マンガでも「冴えない主人公が、イケメンでクラスの人気者のふたりになぜか好かれて、困惑してしまう」という話がしばしば存在しますが。身分が低くて教養もない浮舟の物語こそ、その原型なのです。

私は、以前は最後のヒロインが浮舟であることにやや物足りなさを感じていました。「え、紫の上や明石の君や六条御息所みたいな錚々《そうそう》たるヒロインがいたなかで、最後のヒロインが、この平凡で受け身でふわふわした浮舟!?　なぜ!?」と。

しかし今読み返すと、やっぱり「薫の君に隠れて匂宮と雪の夜の小舟デート」「薫の君にやたら嫉妬する匂宮を見ている浮舟」「薫と匂宮のどちらからも手紙をもらってしまってどうしよう!? と迷う」など、シチュエーションがかなり夢見がちで、それはそれで面白さがあるのですよね……。

いうなれば、**読者がもっとも共感しやすい、感情移入しやすいヒロイン**が、浮舟だったのではないか、と。

そういえば、浮舟は他のヒロインと比べると「手習《てならい》」をたくさんする女性であることが特徴的。手習とは、ひらがなで古い歌や自分でつくった和歌を綴ることで、自分の気持ちを表現する趣味のこと。今でいえば好きな歌詞を書き写したり、自分の日記を書いてみたりするようなものでしょうか。浮舟は自分の気持ちを男性にぶつけるよりも手習というかたちで、自分自身の内側で表現しようとした女性だった。なるほど、そう考えると、暇なときにものを書くのが好きだったであろう『更級日記』作者が、浮舟を「大人になったらなりたいヒロイン」として選ぶのも納得がいきます。

とはいえ、そこは平安時代。身分は身分です。匂宮としてもこんな素敵なデートをしておきながら、正妻にする気はなく、「うーん、京都へ連れて帰って女房として仕えさせたいな」と内心は思っていました。つまり、愛人として迎えたいな、ということ。現代の私たちから見ると腹の立つ表現ではありますが、当時の身分制度からすれば当然のことではありました。浮舟は結局、薫と匂宮の間で取り合われるトロフィーであったことは否定できません。

しかしそんな浮舟、最後の最後にとんだ展開を引き起こします。
なんと、まさに「人形」のように、宇治川へ流れることになるのです！

今日のおさらい

宇治八の宮の隠し子であった、末娘は「浮舟」。

29日目

☆愛の陰にコンプレックスあり

読む帖：第52帖「蜻蛉」、53帖「手習」、54帖「夢浮橋」

浮かれて悩んで身投げ

匂宮との恋愛に浮かれていた浮舟は、徐々に匂宮が所詮は遊びとしか考えていないことに気づいていきます。そしてある日、母親が「ああ、本当に匂宮と娘に何かあったら、娘と縁を切るわあ」と言っているのを聞いてしまいます。母とふたりで住んでいる浮舟にとって、母の発言は絶対です。母の規範から逃れるなんて、許されるわけがない。ああ、もう終わりだ。浮舟はハッピーな恋愛モードから一転、一気に情緒不安定になります。

さらに**薫が、ひょんなことから匂宮と浮舟の関係を知って激怒。**薫からは、こんな「浮気してるよね!?」とじっとり指摘する和歌が贈られてきます。

君が浮気をしていることも知らず、
僕を待ってくれていると思いこんでいましたよ……

波越ゆるころとも知らず末の松待つらむとのみ思ひけるかな　（「浮舟」）

『古今和歌集』の東歌・よみ人知らず「君をおきてあだし心をわが持たば末の松山波も越えなむ」を踏まえて、浮気を非難する歌です。浮舟の顔は青ざめました。もう人生は終わりだ、と思ったのです。

――ああ、もう、どうすればいいのか。

悩みに悩んだ浮舟は、なんと宇治川へ身を投げてしまうのです！

……最初にオチを言ってしまうと、**浮舟は僧都《そうず》に助けられ、命拾い。そこで出家することに決めます。**しかしそんなことを知らない浮舟の入水《じゅすい》騒ぎに、宇治は大騒ぎ。遺体も見つからないままお葬式をあげ、匂宮や薫に亡くなった旨が伝えられます。匂宮はショックで寝込み、薫は驚いてしまうのでした。

薫のファザー・コンプレックス

結局、浮舟は入水までしたのに、浮舟の死を知った薫といえば「うーん、浮舟よりこっちのほうがいい女だなあ」と昔からの恋人（小宰相《こざいしょう》の君）に思ったり。匂宮といえば浮舟のいとこ（宮の君）を愛そうとしたり。このときの薫や匂宮の対応は本当に酷くて、読者としては本当に「浮舟、出家して正解だよ……！」と思わせるような男性として描かれます。

結局、「宇治十帖」の薫と匂宮の浮舟への心情を読んでいると、浮舟は所詮男性同士が「**あいつに勝つため**」に手に入れようとした存在でしかなかったのだなあ、と思い知ります。浮舟のことを本当に好きだったのかといえば、そこには疑問符が浮かびます。現代人の感覚だと胸が痛くなってしまう。薫と匂宮は、お互いに競い合うあまり、女性を取り合っていたに過ぎないのです。

たとえば浮舟が亡くなった後に、薫が浮舟の邸にやってきたとき、ちょうど匂宮が邸に慣れた様子で入ってきたのを見た感想を読んでみてください。

匂宮の強引さに、女性はよろめいてしまうのだ。悔しい！　彼の一族には、いつも俺はみじめな思いをさせられてしまう。

ああもうどうにかして匂宮が夢中になっている美女を、俺が奪い取りたい！　そしてこの悔しさを味わわせてやりたい。

ちゃんとした女性なら、俺のほうを好きになるはずなんだ。

ああ、難しいものだ、人の心って……。

おりたちてあながちなる御もてなしに、女はさもこそ負けたてまつらめ、わがさもくちをしう、この御ゆかりには、ねたく心憂くのみあるかな。いかで、このわたりにも、

めづらしからむ人の、例の心入れて騒ぎたまはむをかたらひ取りて、わが思ひしやうに、やすからずとだにも思はせたてまつらむ、まことに心ばせあらむ人は、わが方《かた》にぞ寄るべきや、されど難いものかな、人の心は（後略）（「蜻蛉《かげろう》」）

薫の心が汚れすぎて、ちょっと薫こそ本当に出家でもしたほうがいいのでは!?　と心配になる目の曇りっぷり。

薫にとって、匂宮へのコンプレックスは、本当に強かった。

……これは私の解釈ですが、おそらく「匂宮が光源氏の血を引いている」という事実も重くのしかかっていたのでしょう。

つまり光源氏とは、**自分の父親になってくれなかった男**であり、**自分の父親が誰かわからないという悩みをつくりだした根源にいる男**でもあります。そして薫は自分が「まめ人」、つまり恋愛が苦手であることに対しても少し劣等感を覚えていた。だからこそ大君が手に入らなかったことへの落胆が大きく、その後ずっと大君の代わりを探し続けているのですね。その点、光源氏は恋愛が得意である男性の代表例。

つまりは**光源氏へのコンプレックスを、薫は匂宮に投影していたのではないか。**

だとすれば、薫がこれほど「匂宮の女」に執着するのも理解できるのです。

光源氏の物語が、藤壺という母の代理の女性に対するマザー・コンプレックスの物語だとしたら。

薫の物語は、光源氏という父の代理の男性に対するファザー・コンプレックスの物語だった。

だからこそ薫にとって、「この御ゆかりには、ねたく心憂くのみあるかな（匂宮一族には、腹が立つし苛立つ気持ちしかない）」のです。

出家で、デトックス

しかしファザー・コンプレックスに女性を巻き込まないでくれます!?　と浮舟の話に関しては思うばかりですが。

なんと浮舟は一度入水をして、目が覚めたような感覚になるのです。

「ああ、あんな恋をした私がバカだった！」

匂宮との恋を振り返っても、そうはっきりと感じるようになります。「なんであんな男、好きだったんだろう？　本気になってくれるはずもないのに、バカみたいだった」、そう悟った浮舟は、周りが止めるのも聞かず出家することに決めます。

私はこの場面がすごく好きです。——これまで**浮舟は、基本的に常に受け身の女性だった。**大君に似ているからというだけで薫に言い寄られ、愛人候補にどうだと匂宮に言い寄られ、母親にそんな恋愛は許しませんよと言われ、その結果どうしようもなくなって入水してしまう。しかし入水した後、出家するという決断は、人生ではじめて自分でくだした、**周りが止めるのを振り払ったすえの主体的な選択**だったのです。

しかも、浮舟は出家した後、すごく晴れやかな顔をしています。

浮舟は「ああ、今は本当に、心がやすらかだわ。この世に生きなくてもいい、ってなんて素晴らしいことなんだろう!」と胸がすっきりした心地だった。

なほただ今は心やすくうれし。世に経《ふ》べきものとは思ひかけずなりぬるこそは、いとめでたきことなれと、胸のあきたるここちぞしたまひける。

（「手習」）

まるで断捨離を終えた後のような爽快感あふれる出家の感想。実際、その後京の薫や匂宮に関する噂を聞いても「ふーん、興味も悲しくもないな、私に関係があった人だとは思えない」と平然としているのでした。

最終帖である「夢浮橋《ゆめのうきはし》」では、浮舟が生きていることを知った薫から手紙が届きます。が、**結局ふたりは一度も再会することはありませんでした。**というか浮舟が薫との面会を拒否する場面で、『源氏物語』は終わるのです。

薫は「ん？　俺が会おうって言ってるのに会わないの？　新しい男でもできた？」と眉をひそめるのですが……やっぱり浮舟は毅然として会わないことを選びます。

こうして浮舟というひとりの平凡なシンデレラは、出家によってはじめて自分の意志を持ち、そして山荘で生きることを決めるのでした。薫が最後まで「新しい男がいるから俺と会わないのでは？」と思っているらしいところも含めて、なんとも『源氏物語』らしいラストと言えるのではないでしょうか。

日本でいちばん二次創作・メディアミックスの多い原作『源氏物語』

……と、ここまで読んできて「最後は案外あっさりしてるな！」と思われたのではないでしょうか。ええ、私も思いました。「宇治十帖」はあまりにあっさり終わるので、「え？これで終わり？」と驚いてしまうのです。

しかし千年前の読者も同じことを思ったらしく、実は『源氏物語』には大量の「薫と浮舟のその後」を綴った物語が生み出されています。今ふうにいえば、二次創作。

たとえば有名なのが、『**雲隠六帖**』。匂宮がまさかの即位(そりゃないだろう！)していたり、薫と浮舟が再会していたりする、ファンの願望あふれる六帖が綴られています。

あるいは『**山路の露**』。ここでもやっぱり薫と浮舟は再会しており、やっぱりファンは薫と浮舟にもう一度うまくいってほしいのですねとわかる作品です。

さらに『源氏物語』といえば、二次創作だけでなく、日本最古のメディアミックスを実現した原作ともいえます。たとえば**能楽**では、夕顔が光源氏と結ばれる様子を描いた『半蔀《はしとみ》』、六条御息所の生霊を成仏させるまでの『葵上』など、『源氏物語』の有名な場面を元ネタにして舞台化させることに成功しているのです。

桃山時代には、**屏風**、**蒔絵**《まきえ》、**画帖**といった工芸品や本にも『源氏物語』の絵が描かれました。さらに合貝やかるたなどにも『源氏物語』が使われるようになり、『源氏物語』がゲームの一要素となっていったのです。

あるいは江戸時代になると、『源氏物語』のパロディである『**偐紫田舎源氏**《にせむらさきいなかげんじ》』が大流行。舞台を室町時代に変えて、光源氏のような将軍・足利義政の息子が好色な日々を送る物語です。これが**歌舞伎**にもなっていたりするので、メディアミックスもされた二次創作ということになりますね。

現代になると、『**あさきゆめみし**』で見事なマンガ化が成功したり、あるいは舞台『**刀剣乱舞**』シリーズで『源氏物語』を主役に据えた作品が生まれたりと、二次創作やメディアミックスの話題には事欠きません。

日本でもっとも原作になりやすい物語、それは間違いなく『源氏物語』でしょう。

そう、『源氏物語』がわかっていれば、この世で楽しめる作品がとても多くなるのです！　これからもきっと『源氏物語』をもとにした作品は生み出され続けます。なぜなら『源氏物語』は面白いから……。なんといっても、面白いから……。

嫉妬に狂った女性が生霊になったり、母親代わりの少女を育てたり、田舎で出会った女性とうっかり子供をつくってしまったり、おじさんになったら若いころ自分が犯した過ちに気づいたり、さらに子孫まで同じような過ちを繰り返したりするのです。千年前から人が悩むことも変わらなくて、それでも自分なりに苦労して生きていたんだな、と『源氏物語』を読むたび思います。

そしてこういうものを千年前の人も面白いと感じていたのか、という事実に、私はいまだに新鮮に胸打たれるのです。

『源氏物語』が千年後も読み継がれるために。

私たちも、『源氏物語』を読み継いでいきませんか？

今日のおさらい

浮舟は、入水し、出家。しかし出家した後はハッピー。

30日目

☆正しさから離れて読む

読む帖：第25帖「螢」

『源氏物語』はなぜ恋愛小説だといわれるのか？

さて、最終日です。本日は『源氏物語』本編ではなく、**『源氏物語』がどのように読まれてきたのか？**　という点について見てみましょう。

ここまで見てきた通り、『源氏物語』を「ただ光源氏のモテる恋愛だけが延々と描かれている話」として読むと、意外と見落とされるものがたくさんあります。

いや、もちろん光源氏の華麗なる恋愛遍歴を描いた話ではあります。が、それと同時に、**ままならない中で生きた女性たちの生き様**、そして**光源氏のように恋愛がうまくいくわけではない男性の恋模様**も、紫式部はきっちり描いているのです。

光源氏の恋愛による成長譚と、女性たちのままならない切なさと葛藤、そして周囲の男性たちの恋愛のどうしようもなさ。そのどれもが丁寧に描かれている。さらに、まるで本当の歴史のような政治闘争や、華やかで楽しい宮中文化もたくさん綴られる。

さまざまな要素があるからこそ、『源氏物語』は面白いんです！

……だとすると、逆になぜ『源氏物語』が「恋愛小説」と言われがちなのか、気になりませんか？

そこに至るには、平安時代以降の、『源氏物語』をめぐる物語をひもとかねばなりません。

宮中で見たり——源氏物語は嘘か実か

「玉鬘十帖」のひとつである第25帖「螢」の巻には、玉鬘が物語を楽しむ描写があります。

その年は例年より梅雨が長かった。雨ばかりで暇だったので、女性たちは物語を写したり挿絵を写したりすることに没頭していた。とくに明石の君はそういう遊びも得意で、美しく写したものを玉鬘にあげたりしていた。

玉鬘は物語に夢中になり、毎日物語を読んだり写したりして遊んだ。若い女房たちも手伝い、たくさんの物語を読んだ。本当かどうかわからないような、珍しい身の上話を綴った話もあるけれど、玉鬘は

「でも、私以上に数奇な運命を辿っている主人公は、なかなかいないよなあ」

と思ったのだった。

『住吉物語』の姫君が、高い身分の姫なのに、継母にやばいおじいちゃんの主計頭《かぞえのかみ》と結婚させられそうになったところなんて！　私がキモすぎる大夫監《たいふのげん》に求婚されてた頃の恐怖を思い出すわあ……。

そう過ごしていると、玉鬘の部屋に物語が散らかされているのを見た光源氏が、言った。

「困ったものですねえ。女性って、わざわざ自分から騙されにいくような生き物だな……。たくさん聞くような話の中にも真実は少ないっていうのに、なぜこんなつまらない嘘に夢中になるんだか。蒸し暑いこの五月雨《さみだれ》の日に、髪が乱れるのも気にせず物語を写すなんて、信じられませんよ」

長雨例の年よりもいたくして、晴るる方なくつれづれなれば、御方々、絵物語などのすさびにて、明かし暮らしたまふ。明石の御方は、さやうのことをもよしありてしなしたまひて、姫君の御方にたてまつりたまふ。西の対《たい》には、ましてめづらしくおぼえたまふことの筋なれば、明け暮れ書き読み、いとなみおはす。つきなからぬ若人《わかうど》あまたあり。さまざまにめづらかなる人の上などを、まことにやいつはりにや、言ひ集めたるなかにも、わがありさまのやうなるはなかりけりと見たまふ。住吉の姫君の、さしあたりけむをりはさるものにて、今の世のおぼえもなほ心ことなめるに、主計頭が、ほとほとしかりけむなどぞ、かの監《げん》がゆゆしさをおぼしなずらへたまふ。

殿も、こなたかなたにかかるものどもの散りつつ、御目に離れねば、「あなむつかし。女こそものうるさがらず、人にあざむかれむと生《む》まれたるものなれ。ここらのなかに、まことはいと少なからむを、かつ知る知る、かかるすずろごとに心を移し、はかられたまひて、暑かはしき五月雨の、髪の乱るるも知らで、書きたまふよ」（後略）（「螢」）

実は『源氏物語』の原文を読むとわかることですが、地の文（台詞ではない個所）はしばしば「ある女房が宮中で見たものを語っている」という体《てい》で語っている箇所があります。**まるで、「私はこういう話を本当に見たんですよ」「嘘じゃないですよ」と言うかのように。**

なぜなのか？　それは「嘘」が悪いことだとされていたから。

玉鬘が物語を眺めている場面で、光源氏は「まーたこんな、嘘ばかりのもの読んで」と苦笑します。

ちなみに古語の「物語」という言葉には、「世間話」という意味もあります。そう、当時は、世間の噂話とフィクションの区別をあまりつけてなかったということもできるでしょう。だからこそ物語は見下されたし、「女子供に嘘を伝える悪いもの」という見方すらされていた。

紫式部がそんな物語＝嘘の地位の低さに自覚的で、さらに玉鬘のエピソードに「物語はこんなふうに蔑視されているものですよ」とさらりと示しているのは、面白いところですよね。

物語は「罪」なもの

さらに実際、紫式部は、夕顔のエピソードをこんなふうに締めています。

このような身分の低い女性たちとの秘密の恋愛を、おそらく源氏の君自身は、隠したがることでしょう。

でも読者の中に、

「えー、いくら帝の息子だからって、こんな完璧な人とばかり恋愛してたの？　源氏の君にとって都合の良いことしか書いてないじゃん、嘘を書いてない？」

とおっしゃる方がいましたので。

だから私は、身分の低い方との秘密の恋も、書くことにしたのです。

とはいえ、お喋りすぎるという罪からは逃れられないでしょうね……。

かやうのくだくだしきことは、あながちに隠ろへ忍びたまひしもいとほしくて、みな漏らしとどめたるを、など帝の御子ならむからに、見む人さへかたほならず、ものほめがちなると、作りごとめきてとりなす人ものしたまひければなむ。あまりもの言ひさがなき罪、さりどころなく。

（「夕顔」）

「夕顔」の帖は、最後にこんな文章が綴られて終わるのです。

そう、あくまで嘘ではなく、本当の話、という注意書きです。平安時代、貴族の女性たちを中心に、確実に「物語」は流行っていた。今でいうフィクションがたくさん流通していたのです。しかし『源氏物語』が綴られた当時、「物語」の地位は高くなかった。だからフィクションであるにもかかわらず、むしろ当時の物語には「フィクションではなく、本当にあったことかもしれませんよ」という注意書きが付されていたのです。『源氏物語』にも、「この話が嘘か本当かは置いといて」という前置きがいくつもあります。

このような「物語＝嘘をつくものだから、悪いもの」という見方は、平安時代以降、さらに強くなっていきます。

紫式部は地獄に落ちた⁉

たとえば、中世に成立した『**源氏供養**』というとても有名な能の演目があります。

紫式部の亡霊が、「私は『源氏物語』という嘘をつき、人々に好色を説いた罪で、地獄に落ちたのです……」と苦しみ続けていることを告げる場面から始まります。

仏教の価値観では「妄語」（＝偽りの言葉）は大きな罪だった。物語とは、美辞麗句で偽りの言葉をばらまく、悪いものとされていたのです。罪を負ったまま『源氏物語』は供養されずにいるし、紫式部も地獄に落ちたままでいる。なぜなら嘘つきだから。

そんな紫式部の亡霊を成仏させてあげるために、『源氏供養』という演目ができたのです。紫式部の亡霊を前に、舞が舞われます。そして彼女は無事救済され、成仏する——。

……現代の価値観で考えると「なんで紫式部が地獄に落ちるんだ」と苦笑してしまいますが。中世の価値観は、本当にそういうものだったのです。仏教思想が強かった頃は、このような『源氏供養』がとてもメジャーな能の演目になっていた。

そして近世、儒教思想が広まるようになると。**基本的に儒学者も、「好色淫乱の書」として『源氏物語』のことは蔑視していました。**中国の文学のほうが上だ！　なぜなら倫理的で教育的なことを書いているから！　という人もいた。

しかしそのなかで、儒教学者の熊沢蕃山《くまざわばんざん》は「いや、『源氏物語』は昔の日本人の美しい風習や気配りについて描いたものだ、善悪を教えてくれる教訓もたくさん詰まっている」というフォローを『源氏外伝』の中で入れていました。ちゃんと『源氏物語』にも教訓が描かれている、と述べたのですね。

しかしこのような「『源氏物語』＝教訓が書かれている物語」説に反旗を翻したのが、本居宣長。江戸時代でもっとも有名な国学者であろう本居宣長は、言ったのです。

「善悪とか、関係ないッ！」

最強オタク・本居宣長のアッすぎる源氏物語論

ここで『源氏物語』最強オタクとしても知られる本居宣長の熱い名文を見てみましょう。


物語とは「もののあはれ」を知るためのものである。

しかしあらすじの中で、儒教や仏教の倫理観からするとアウトなことも多い。

たしかに道理に背くようなことに、感動してしまうのは、いけないのかもしれない。

しかし感情は思い通りにならない。正しくないことにだって、人は心を動かされてしまう。感動はコントロールできない。

光源氏でいえば、空蟬や朧月夜や藤壺と一夜を共にしたのは、儒教・仏教からすると悪だ。しかしこの作品は、それが悪であることは置いておいて、ただその間に生まれる「もののあはれ」を繰り返し描く。そして光源氏は「もののあはれ」を知っている人間として描かれる。儒教・仏教が良しとする価値観とは、まったく違うところに、この作品はある。

（中略）

あなたが蓮の花を見たいなら、濁った泥水を溜めなくてはいけない。喩えるなら、そういうことだ。

物語に、倫理的にアウトな恋愛を描いたとして――私たちは濁った泥水を愛しているわけじゃない。そこから生まれる「もののあはれ」の花を、愛しているのだ。

さて、物語は物のあはれをしるを、むねとはしたるに、そのすぢにいたりては、儒佛の教へにはそむける事もおほきぞかし、そはまづ人の情の、物に感ずる事には、善悪邪正さまざまある中に、ことわりにたがへることには、感ずまじきわざなれども、情は、我ながらわが心にもまかせぬことありて、おのづからしのびがたきふし有て、感ずることあるもの也、源氏の君のうへにていはば、空蟬の君、朧月夜の君、藤壺の中宮などに心をかけて、逢給へるは、儒佛などの道にていはむには、よにうへもなき、いみしき不義悪行なれば、ほかにいかばかりのよき事あらむにても、よき人とはいひがたかるべきに、その不義悪行なるよしをば、さしもたてていはずして、ただそのあひだのもののあはれのふかきかたをかへすがへす書のべて、源氏の君をば、むねとよき人の本として、よき事のかぎりを、此君のうへに、とりあつめたる、これ物語のおおむねにして、そのよきあしきは儒佛などの書の善悪と、かはりあるけぢめ也。（中略）此こころばへを、物にたとへていはば、蓮をうゑてめでむとする人の、濁りてきたな

くはあれども、泥水をたくはふるがごとし、物語に不義なる恋を書るも、そのにごれる泥をめでてにはあらず、物のあはれの花を咲かせん料ぞかし。
（本居宣長「源氏物語玉の小櫛」『本居宣長全集　第四巻』大野晋・大久保正編、筑摩書房、１９６９年）

アツい。アツすぎる。とくに最後は本当に「名文だ!!」と私は何度読んでも思ってしまいます。

ちなみに「もののあはれ」とは有名な言葉ですが、本居宣長の重視する「心が動かされる」様子をあらわした言葉です。文学とは、心を動かすためにあるのだ、ということです。教訓を読み取ったり、倫理的なことを教えなくてもいい。物語は心を動かされるだけで、価値があるのだ。と本居宣長は語ったのです。

だから心を動かされるものである恋愛を描いた『源氏物語』は素晴らしいのだ、と。本居宣長は「人の情の感ずること、恋にまさるはなし（恋以上に、人の心が動くものなんてない）」と『源氏物語』注釈書で言い切っています。

ちなみに宣長は『紫文要領《しぶんようりょう》』という著作でも、当時根強かった「『源氏物語』は紫式部ひとりで書いたわけじゃなく、藤原道長や紫式部の父が書き加えた作品なのでは」という注釈に対して、**「絶対に『源氏物語』はすべて紫式部がつくったものであることは間違**

いない」とはっきり書いているのです。アツい。

人間は、正しくなさに、感動する生き物である

現代でも「フィクションでどこまで悪を描くのか」は日々揺れている問題ですが、本居宣長は江戸時代からきっぱりと「**作中人物の行動を善悪で判断するべきではない。悪い行動を描いたその泥から、美しい感動の花が咲くのだ**」と述べているのです。

実はこの本居宣長の「『源氏物語』は、恋愛が主題だ」という言い切りこそが、今に至るまでの『源氏物語』=元祖恋愛小説、という私たちの思い込みの基礎になっているのです。さらに小説に教訓は必要ない、ということを現代の私たちはぼんやりわかっていますが、それもまた本居宣長が言い始めたことだったのです。

本居宣長の『源氏物語』研究は、現在の私たちの文学研究の基礎になっています。だからこそ、『源氏物語』は、紫式部がとにかく恋愛を豊かに描いた」という見方がメジャーになって今日に至りました。

しかし、そろそろ本居宣長以上の読み方をしてもいい頃合いではないでしょうか?

『源氏物語』には、いろんなテーマが内包されている。そのテーマに善悪もないし、正し

さも正しくなさもない。

それは現代においても同じだと私は思います。

正しくない話にも、心は動かされ得る。

正しくない恋愛、正しくない男性の振る舞い、正しくない女性の振る舞い、そのどれもに泣いて笑って心を動かされてしまう。

私たちは、正しくなさに、感動してしまう生き物である。

そんな事実が、『源氏物語』を通して、私たちの心を千年間も動かし続けているのです。

今日のおさらい

『源氏物語』はさまざまなテーマを内包する作品だった。

おわりに

さて、ここまで『源氏物語』の魅力について語ってきましたが……うまく伝わったでしょうか？

『源氏物語』、案外面白いかも、現代語訳も読んでみようかな？　と思ってもらえたらこれ以上の悦びはありません。個人的には漫画もおすすめですよ～。名作『あさきゆめみし』！　最高です。

あとがきなので裏話を書くのですが、個人的に本書では、「一般的にはあまり有名ではないかも？」と思われる後半のエピソードもしっかり紹介することに、こだわりました。私自身、光源氏と葵の上や六条御息所、夕顔や朧月夜とのエピソードは、昔から知っていて。やっぱりとてもドラマチックで、心惹かれるところがあったのですが。大学に入って、はじめて『源氏物語』の現代語訳を最初から最後まで読んだとき、思ったのです。……「中盤以降が、長くて、面白さがわからない！」と。はい、すいません。でもさあ、長いんだよ！　玉鬘や夕霧や「宇治十帖」の話、長いんだよ！　と思っておりました。すいません。

しかし時が経ち、大人になってあらためて『源氏物語』を読んでみると、なんとなく中盤以降の楽しみ方がわかってきたんですよ！　これは私としてはかなり革命的でした。

「なるほど、夕霧はむしろモテない文系男子として見たらよくて、作者は光源氏からの味変タイムとして描いているのか！」

「玉鬘って、よく考えたら作中でもっともモテてるな……!?　そっかこれは光源氏の老いを際立たせるための、女三宮の話の伏線なのか！」

「宇治十帖の浮舟って、なんでこんな個性のない女なんじゃと思ってたけど、むしろそれが一番溺愛されるヒロインっぽいのかな……？」

みたいな、何となく自分のなかでキャラクターの読み方がわかってきて、それで楽しめるようになったんですね。そういうふうに読むと、すっごく面白いじゃないか、『源氏物語』中盤以降！　と。

むしろ前半の「光源氏と女性たちの物語」を描いている紫式部と、後半の「さまざまなキャラクターを主人公に据える物語」を描いている紫式部では、描けるものの範囲が違っている気もして、作家としての力量が後半めきめき上がっているようにも感じました。そのあたりも面白いなあ、と思うのでした。

というわけで、前半も後半も本書ではしっかり紹介することに挑戦しました。楽しんでいただけましたら幸いです。

古典の良さは、本当に一度読んでしまえばずっといろんな角度で楽しめることだと思っていて……。『源氏物語』なんて、千年前から楽しまれ続けてきたジャンルですので、『源氏物語』がわかればいろんな日本文化の元ネタが分かる、それが楽しいなあと私はよく思っています。ぜひこれを機に『源氏物語』のみならず、日本の古典文学や、古典を元ネタにした小説や漫画にも触れてみてください！　私もおすすめ作品がたくさんありますが、それはまた別の機会にて。

さて、最後になりましたが、亜紀書房の西山さん、デザイナーの北野亜弓さん、イラストレーターの深川優さん、『源氏物語』につきまして詳しくご教示いただいた國學院大學の竹内正彦先生、本当にありがとうございました。

本書が、あなたの『源氏物語』入門の扉となれたら、こんなに嬉しいことはありません。
また古典の世界でお会いしましょう！

三宅香帆

三宅香帆 Miyake Kaho

文芸評論家。京都市立芸術大学非常勤講師。
1994年生まれ。高知県出身。京都大学大学院博士前期課程修了（専門は萬葉集）。京都天狼院書店元店長。IT企業勤務を経て独立。著作に『人生を狂わす名著50』、『妄想とツッコミでよむ万葉集』、『妄想古文』、『(読んだふりしたけど)ぶっちゃけよく分からん、あの名作小説を面白く読む方法』、『文芸オタクの私が教える バズる文章教室』、『推しの素晴らしさを語りたいのに「やばい！」しかでてこない――自分の言葉でつくるオタク文章術』、『なぜ働いていると本が読めなくなるのか』など多数。
X（Twitter）: @m3_myk
Youtube : @KahoMiyake

30日《にち》de《で》源氏物語《げんじものがたり》

2024年 7月11日　第1版第1刷発行
2024年12月25日　第1版第2刷発行

著　者　　三宅香帆
発行者　　株式会社亜紀書房

〒101-0051
東京都千代田区神田神保町1-32
電話 (03) 5280-0261
https://www.akishobo.com

デザイン　北野亜弓（calamar）
イラスト　深川優
印刷・製本　株式会社トライ
https://www.try-sky.com

ISBN 978-4-7505-1843-5　C0095